PAPERFILM FC2076

25點的休假

市川春子作品集 II

市川春子

目次

裝幀／市川春子

學校的同學，
說我是妖怪。
我倒是挺喜歡的。
雖然知道很快就會好，還是覺得好討厭。
我跟老師和奶奶說，要是救護車來得更快就好了。
不過說真的，姊姊妳的興趣那麼奇怪，再怎麼優秀也交不到男友喔。
對了，

（喀噠）

副室長。
股份有限公司
空知製藥
北研究所
生物資源開發課
深海生物圈研究室
關閉通知
由於公司內部調整，決定本深海生物圈研究室停止營運。
本設施預定於九月底關閉。
詳細請洽總務。
久等了。
這是妳的特休和無人保養所的使用許可。※
使用者男女各一名，沒有錯吧？
沒錯。
那男的是我男朋友。
沒有啦，其實是我弟。
你們感情真好。
喀噠 喀噠 喀噠 喀噠
也沒有啦。
那孩子平常閒不下來，拿著相機跑來跑去，我說要幫他慶祝二十歲生日才終於逮到他。
是個孩子啊？
差我十二歲。
比起這個，安置得怎麼樣了？

※譯註：保養所一般為日本企業提供給員工研習或休憩的場所。

妳是在問我們，還是魚隻呢？
都問。
社員都還好，但魚隻的養護費怎麼樣都不夠。
牠們要是像副室長這樣可愛的話馬上就有人能接手了。
別說瞎話了，就算是公司內部的機密，我還是不忍心處理掉牠們，內村那邊呢？
還在等回覆，我再聯絡看看。
副室長的桌面怎麼辦？妳休假時我們先幫妳整理如何？
不用了。
等室長從總部談判回來吧。
隨手關燈
9/20前 請整理收拾好
我剛剛聽到了，妳要跟弟弟去玩啊？
抱歉啊，這種時候休假。
深海
他們發現我因為這次組織解散引起的軒然大波完全沒休假。
哇，一天都沒休？
可是如果對方是男朋友，我們就不會等到月底，現在立刻就會解散了。
妳可是我們出了名的美女天才科學家。
說什麼鬼話。
五分。
那接下來麻煩你們了。
辛苦了。

啊啊…
不適合…
我幹嘛穿這種衣服…

25點的休假
〔前篇〕

嗨。
哈囉。
所以你找到路囉？
根本沒有路好嗎。
這裡已經涼涼的了。
那很重，我來就好。
不要小看研究員細細的手臂啊。

那是妳弟全部的家當，別弄掉啊。
怎樣？
你以前有那麼大隻嗎？
練出來的啊，體力是攝影師的命吶。
啪哩
啪哩
不曉得進不進得去？
行李嗎？
不是，我是說你。

不太順利。
但房間只有那邊才有。
這裡本來是燈塔，後來壞了。
唰
唰
唰
唰
唰
我們索性把它當成海洋觀測所，所以格局就隨意了。
叩
叩
牆壁很薄又坑坑疤疤的。
應該不會被發現吧。
（鏗）
工作都還順利嗎？
還可以，我哪裡都能去，什麼工作都能接。
這週之前我人還在澳洲呢，哦，滿滿的藤壺。

印尼的兩棲蛇。
尼泊爾的透明蝙蝠。
澳洲的巨大蛞蝓。
工作時順便拍的。
你都沒變，還是很喜歡怪怪的生物。
工作才是順便吧。
才不是。
七十一分。
嗚哇。
現在還有這制度嗎？
十七歲
一四分
好低
五歲
那，妳怎麼樣呢？
什麼事重要到需要特地找我出來？
討論看看怎麼幫你慶祝成年。
邊吃飯邊聊。
喔喔。
妳終於煮得出咖啡以外的東西啦。
沒有。
居然沒有！
拜託你了。

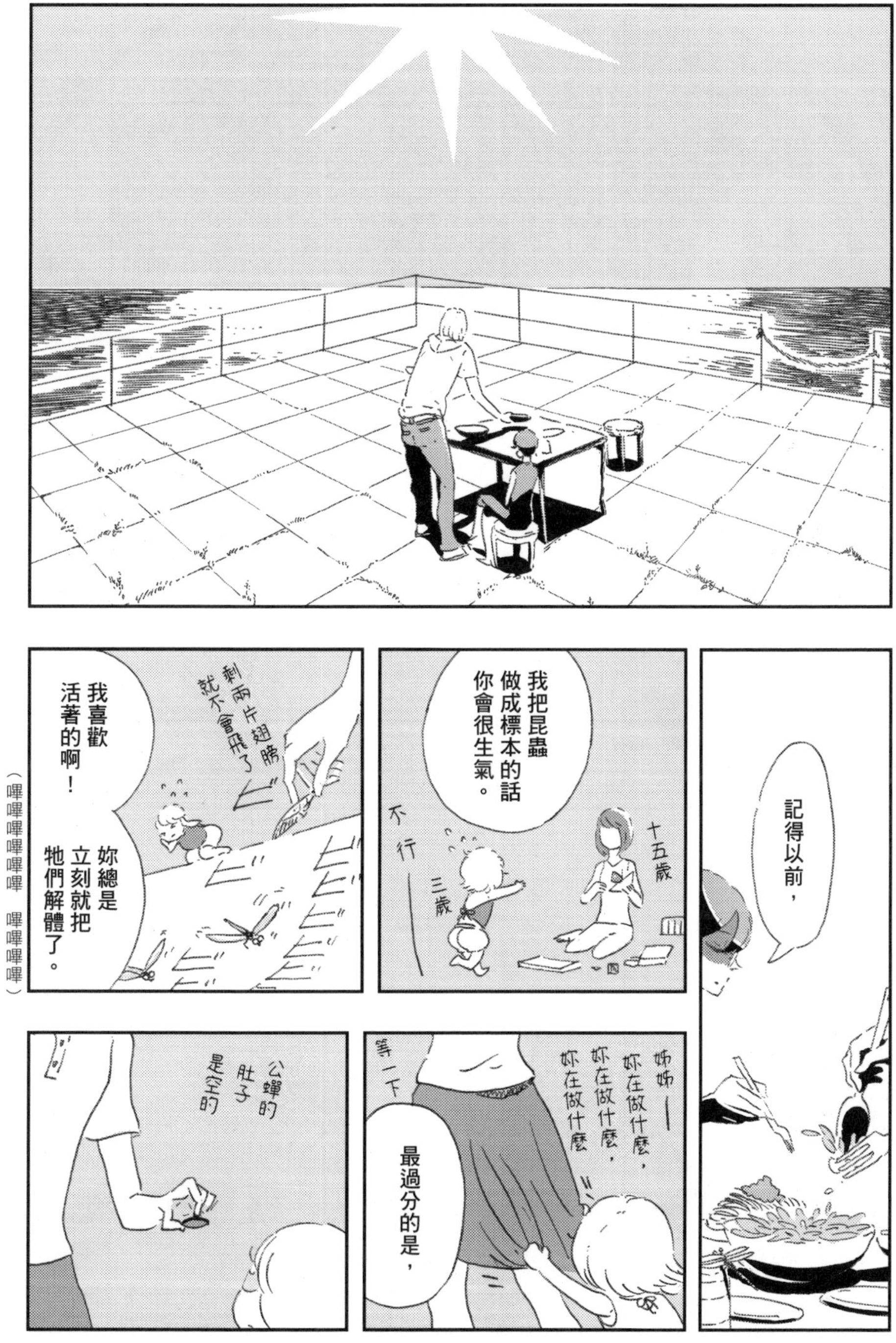
記得以前，
我把昆蟲做成標本的話你會很生氣。
不行
十五歲
三歲
剩兩片翅膀就不會飛了
我喜歡活著的啊！
妳總是立刻就把牠們解體了。
（嗶嗶嗶嗶嗶嗶　嗶嗶嗶嗶）
姊姊—
妳在做什麼，
妳在做什麼，
妳在做什麼
等一下
最過分的是，
公蟬的肚子是空的

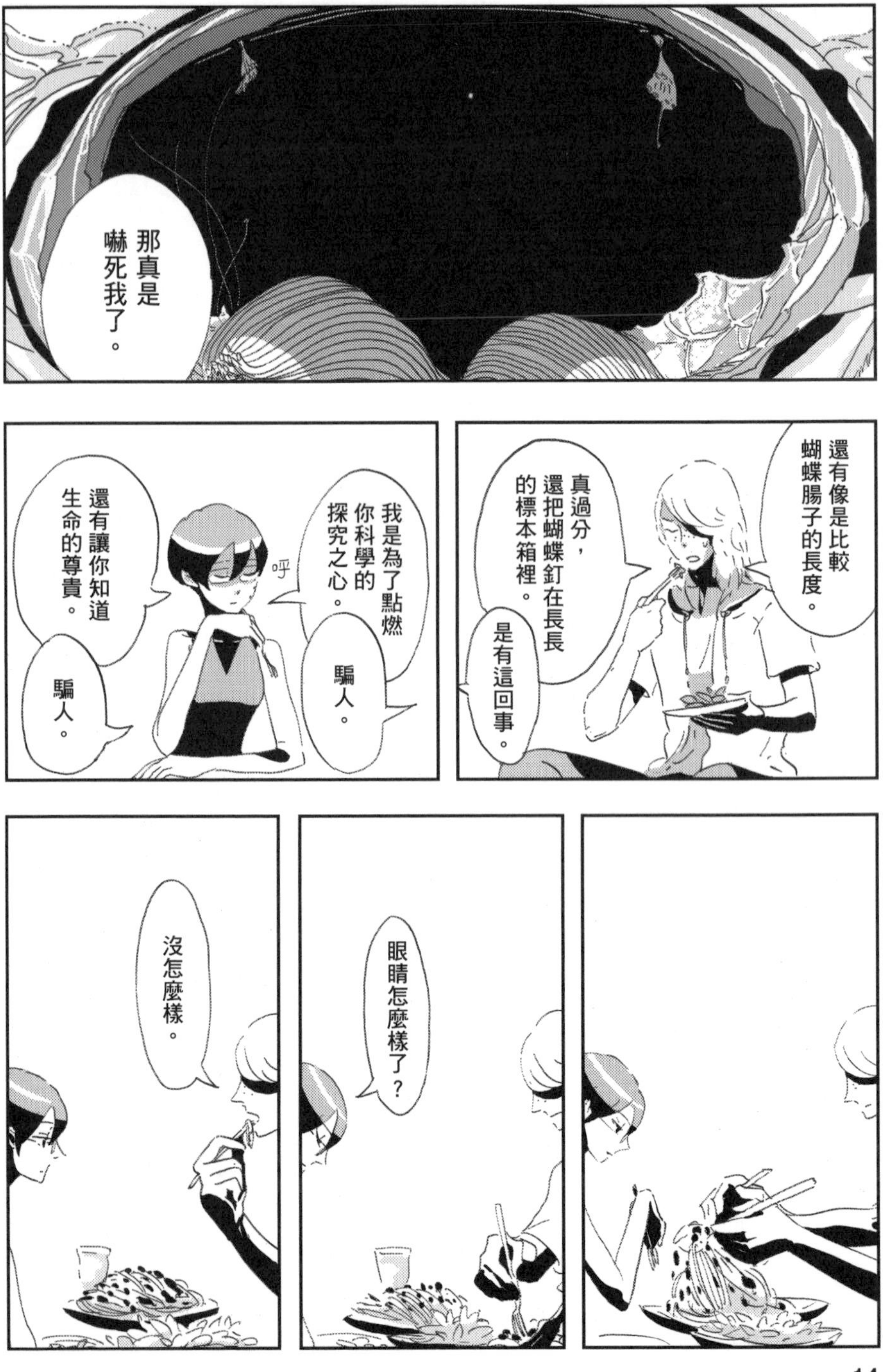
那真是嚇死我了。
還有像是比較蝴蝶腸子的長度。
真過分，還把蝴蝶釘在長長的標本箱裡。
是有這回事。
我是為了點燃你科學的探究之心。
呼
騙人。
還有讓你知道生命的尊貴。
騙人。
眼睛怎麼樣了？
沒怎麼樣。

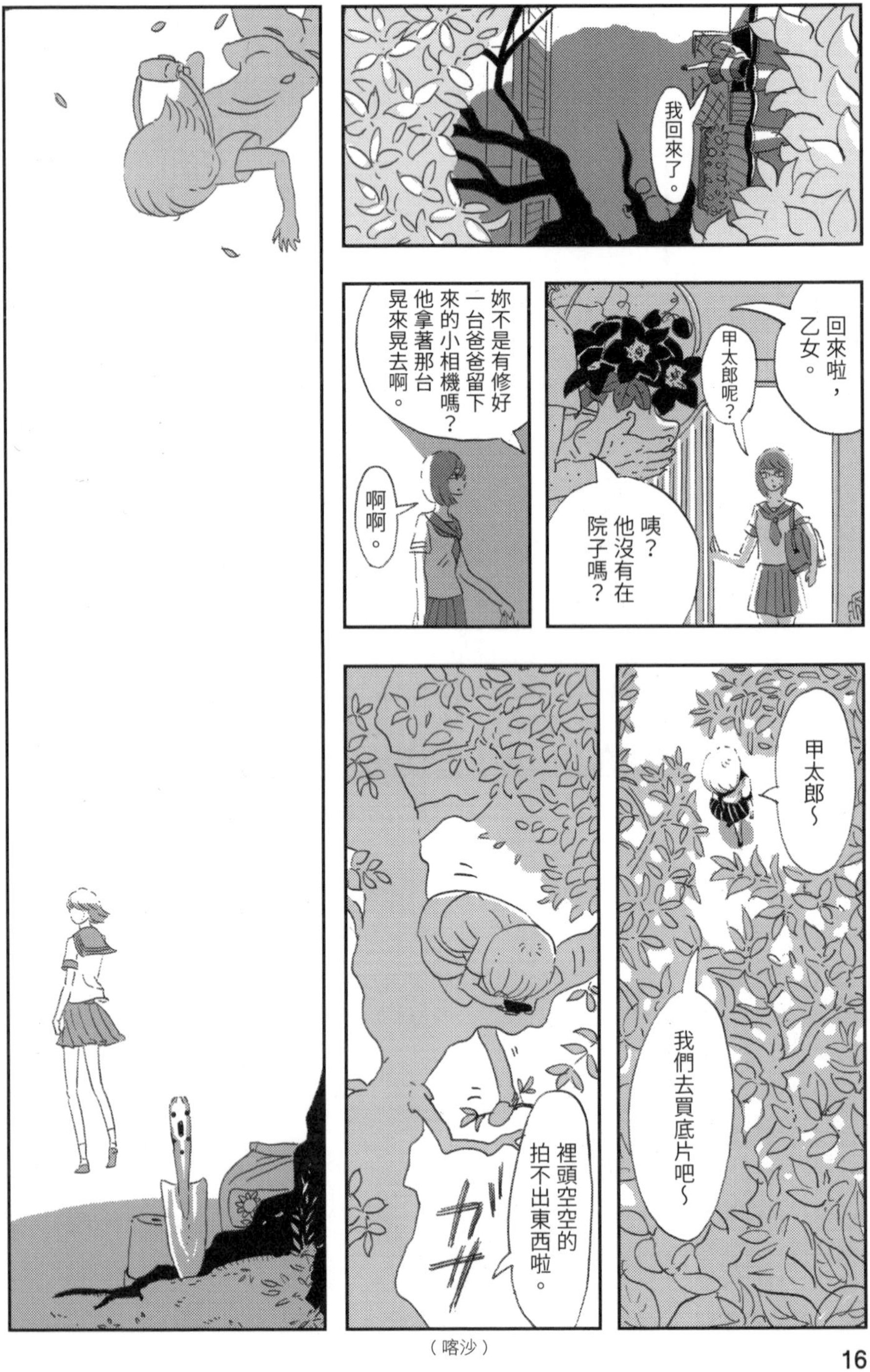
我回來了。
回來啦，乙女。
甲太郎呢？
咦？他沒有在院子嗎？
妳不是有修好一台爸爸留下來的小相機嗎？他拿著那台晃來晃去啊。
啊啊。
甲太郎～
我們去買底片吧～
裡頭空空的拍不出東西啦。
ガサ

（喀沙）

雖然看出去一樣是紅色的，
還是看得到啦。
倒是妳說想拍的東西是什麼？
白天？晚上？我要準備一下。
應該不是深海裡的吧？
淺海裡。
半夜二十五點。

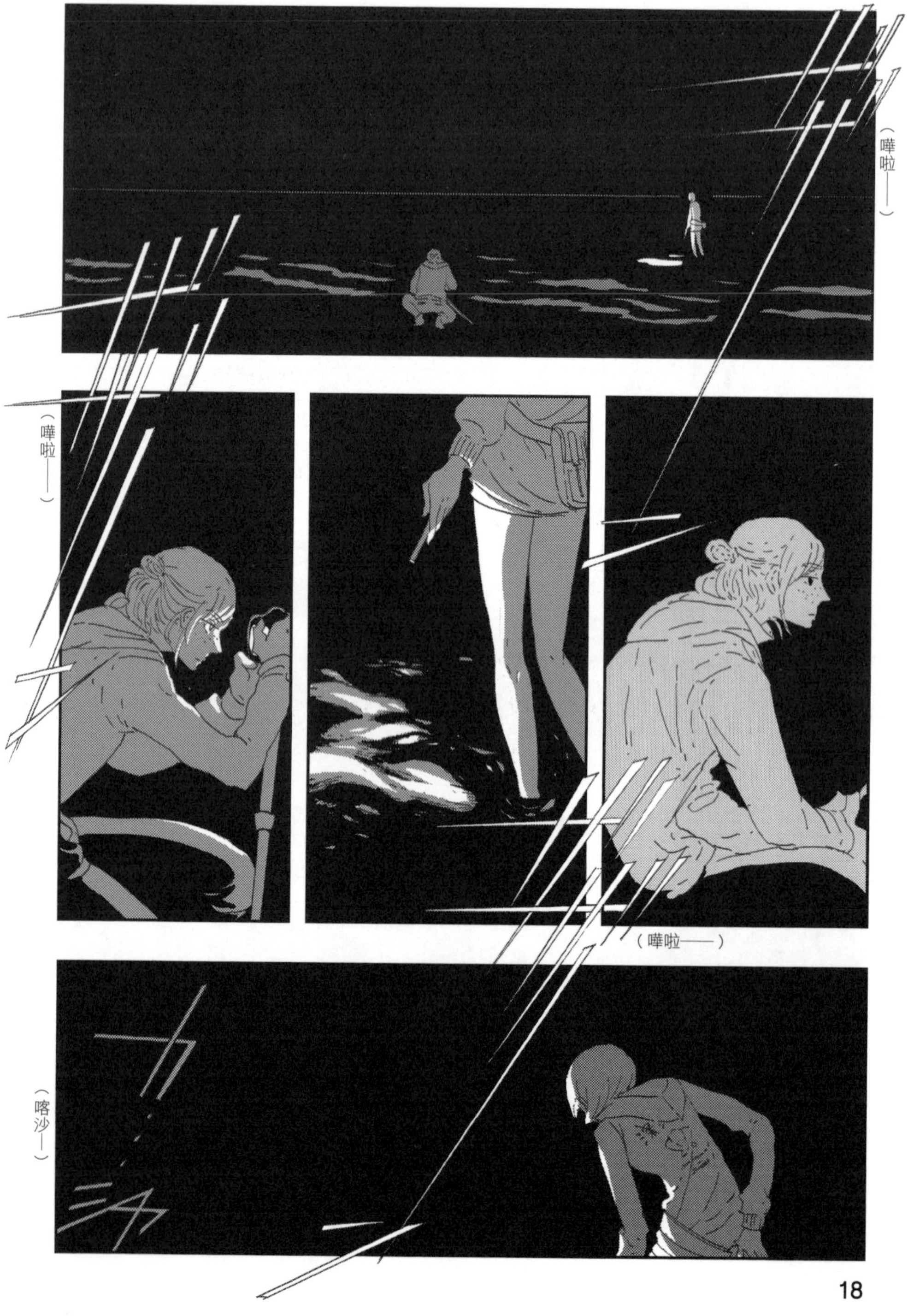

（嘩啦——）
（嘩啦——）
（嘩啦——）
（喀沙——）

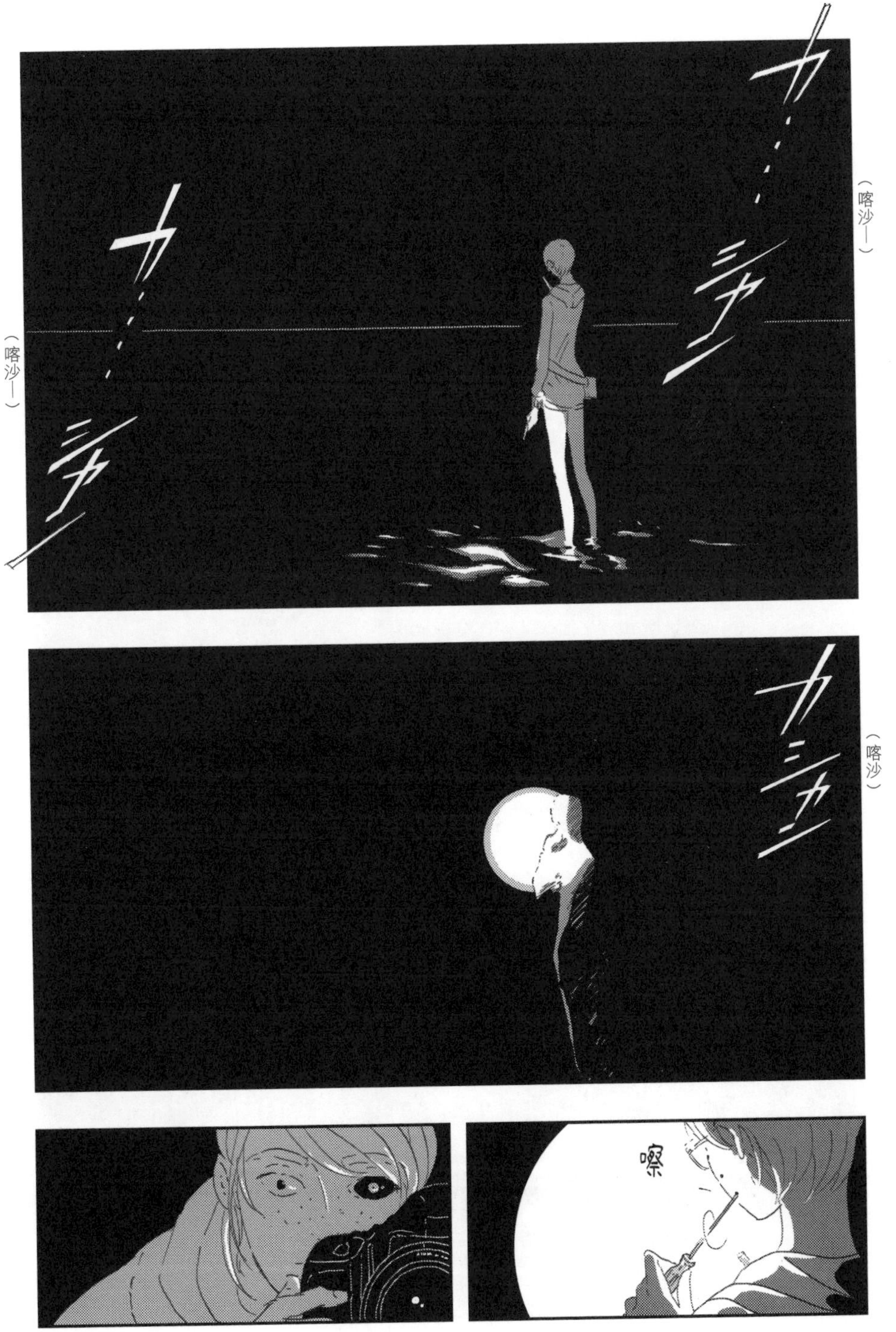
カ……シャン
（喀沙—）
カ……シャン
（喀沙—）
カシャン
（喀沙）
嚓

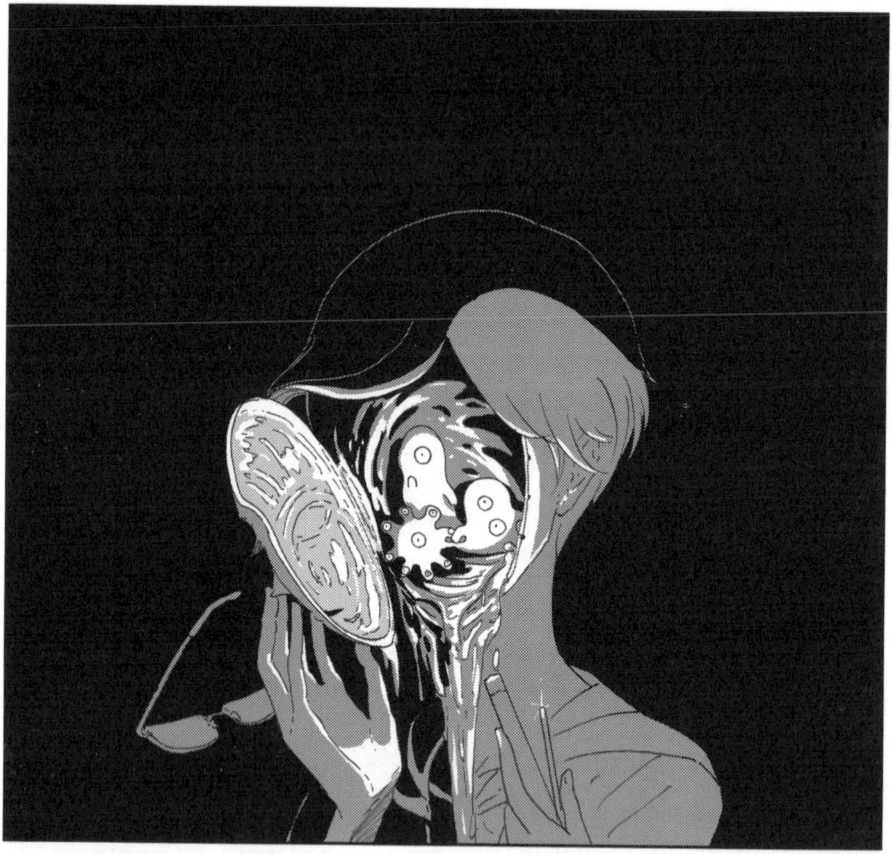

（噗嚕）

啊——
嚇死我了～
太突然啦。
好了就該先跟我說啊。
カチリ
（喀漆）
初
初次見面。
グィ
（伸長）
甲太郎。
這個距離沒問題吧？
公主，我覺得很多問題。

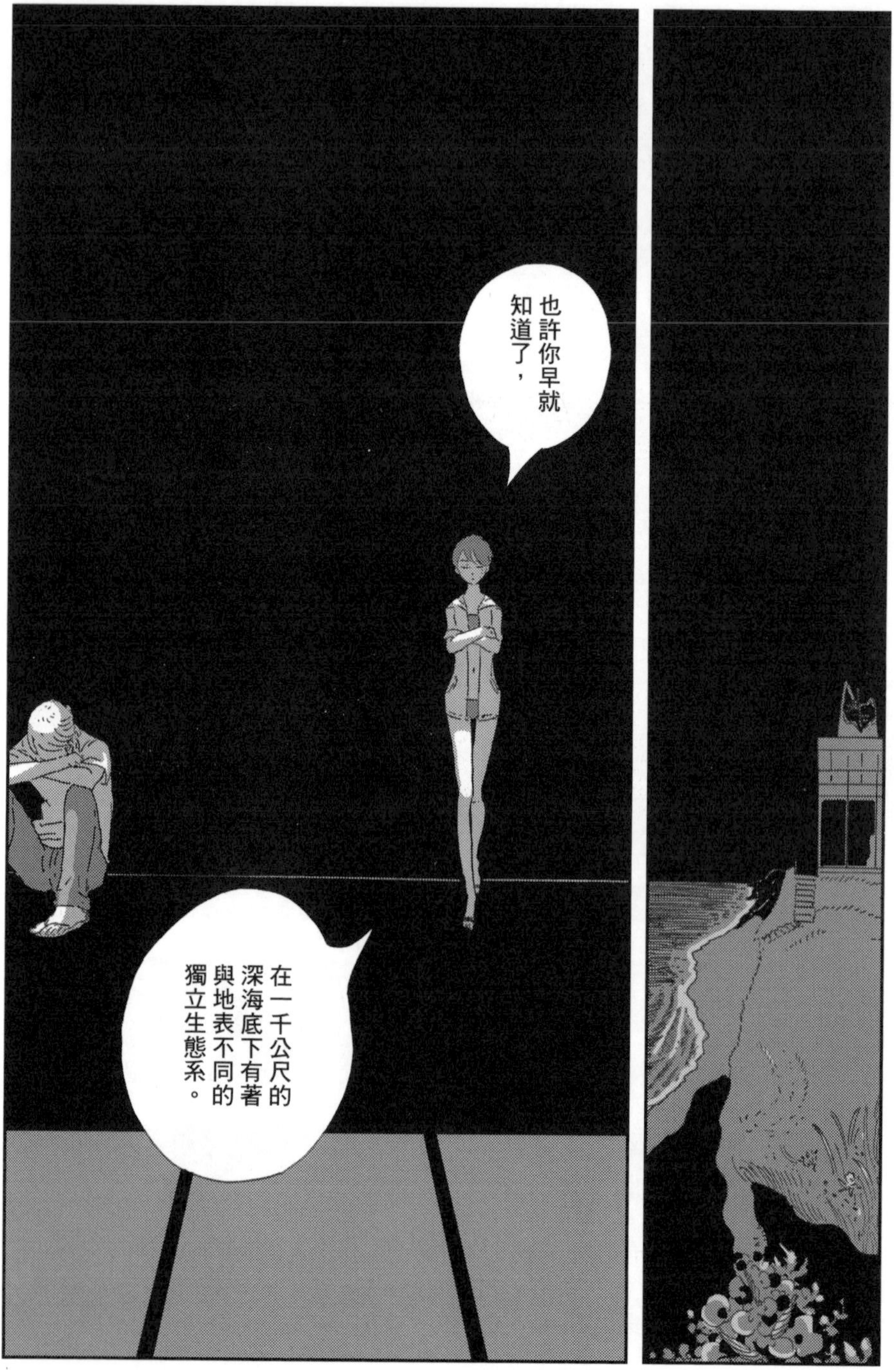
也許你早就知道了，
在一千公尺的深海底下有著與地表不同的獨立生態系。

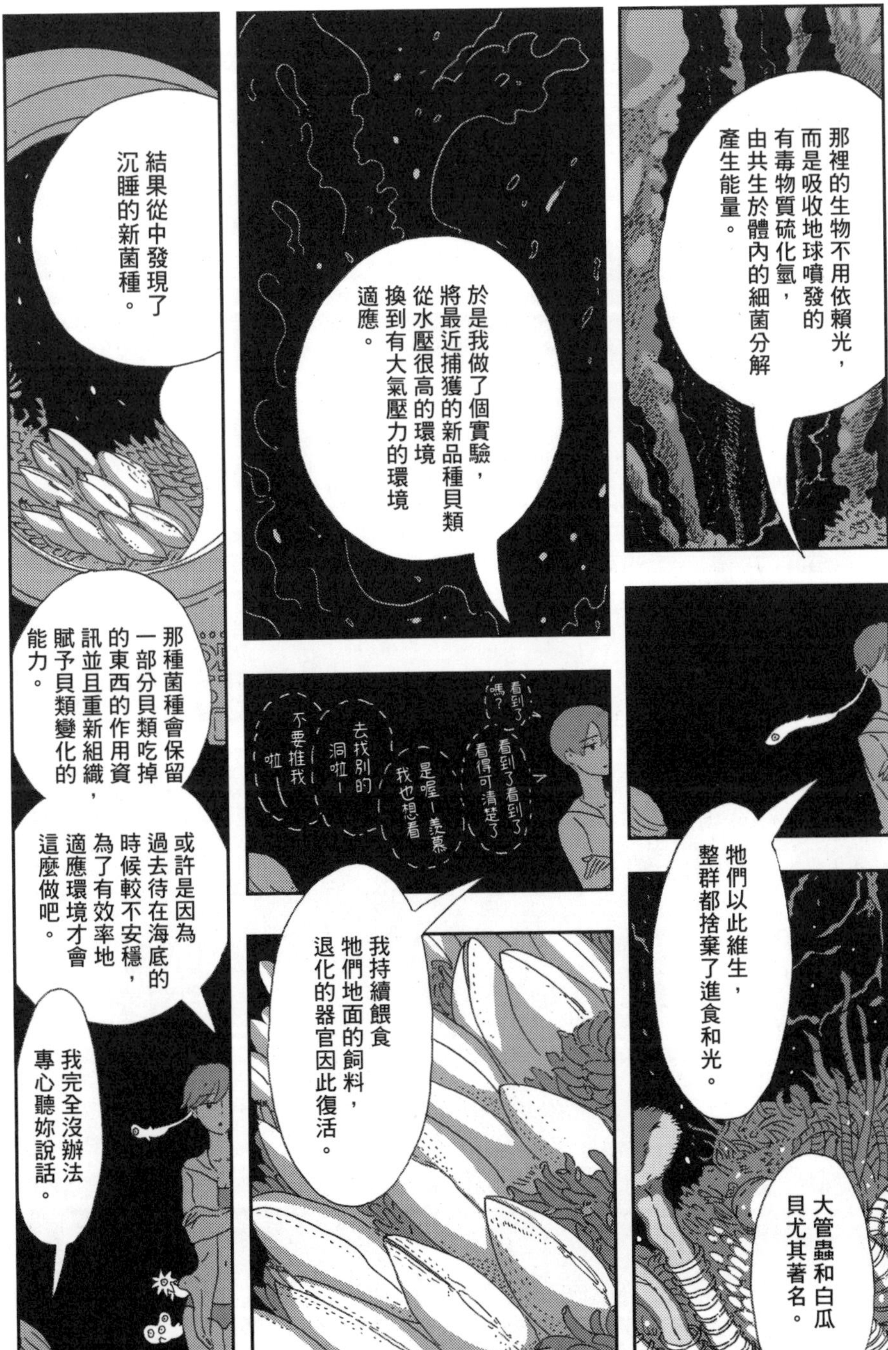
那裡的生物不用依賴光，而是吸收地球噴發的有毒物質硫化氫，由共生於體內的細菌分解產生能量。
於是我做了個實驗，將最近捕獲的新品種貝類從水壓很高的環境換到有大氣壓力的環境適應。
結果從中發現了沉睡的新菌種。
牠們以此維生，整群都捨棄了進食和光。
大管蟲和白瓜貝尤其著名。
看到了嗎？
看到了看到了看得可清楚了
是喔—羨慕我也想看
去找別的洞啦—
不要推我啦
我持續餵食牠們地面的飼料，退化的器官因此復活。
那種菌種會保留一部分貝類吃掉的東西的作用資訊並且重新組織，賦予貝類變化的能力。
或許是因為過去待在海底的時候較不安穩，為了有效率地適應環境才會這麼做吧。
我完全沒辦法專心聽妳說話。

你們可以安靜點嗎？
好—
總之呢，那種貝類進入了我的身體，把內臟、大腦、骨頭全都啃光後，變成這群奇妙的東西。
我的皮膚由裡到外都變成牠們製造出的珍珠母，我的個性看來也都滲進裡頭了。
你可以叫我貝殼女或是人體水缸之類的啦。
說得更謹慎點，
要是能夠控制嘴內的貝類，人類想住在海裡也許就再也不只是夢。
或許生物要進化，比起單純適應環境，透過共生更能飛躍式地邁進。
要是能與這樣的貝類一起前進的話，搞不好會給人類開啟新的未來。
我說你，

喜歡稀有動物吧。
要不要拍？
不要。
為何？
都過三十歲了還叫公主。
長輩說的話要聽啊。

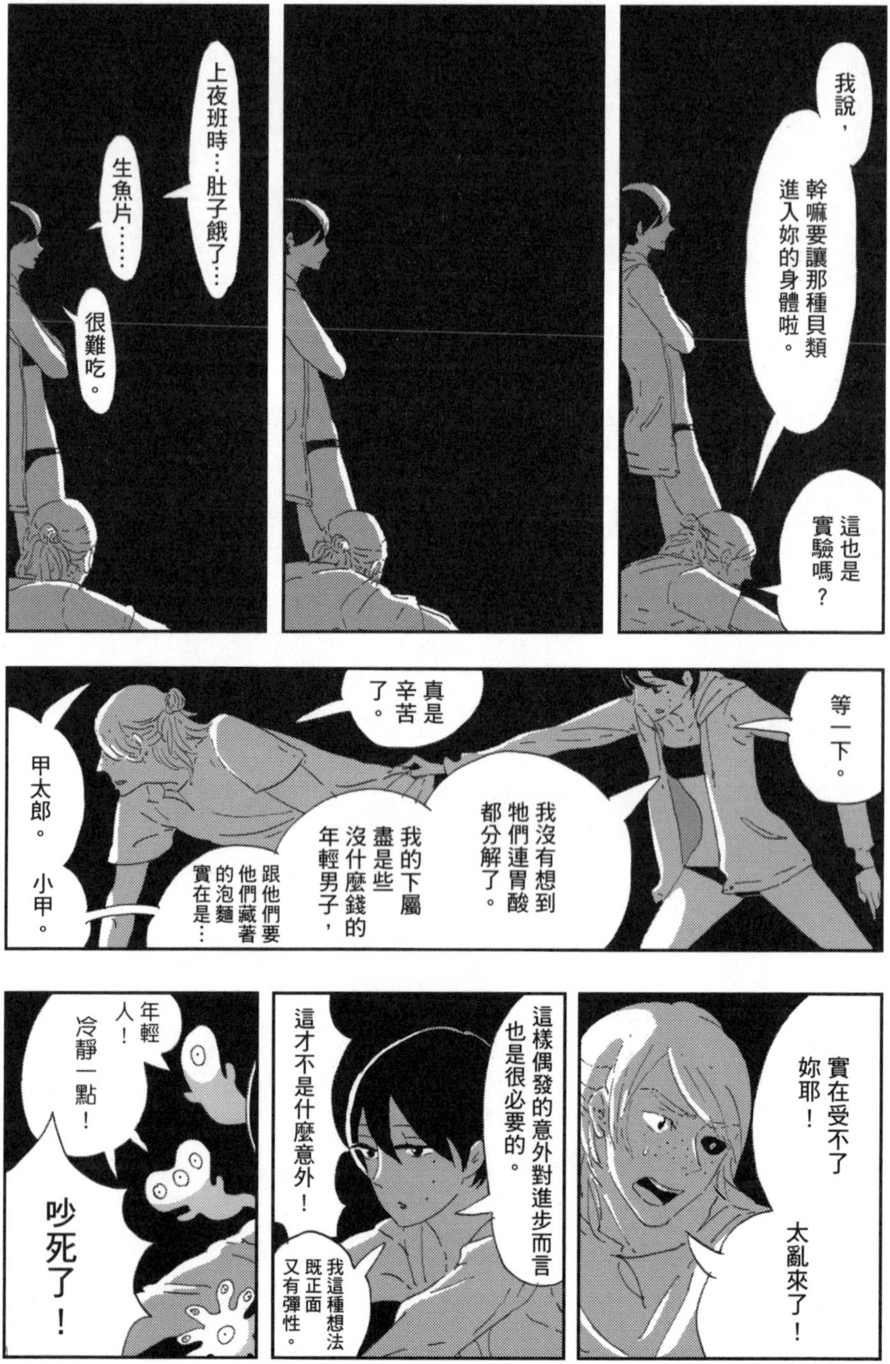
我說，
幹嘛要讓那種貝類進入妳的身體啦。
這也是實驗嗎？
上夜班時…肚子餓了…
生魚片……
很難吃。
等一下。
我沒有想到牠們連胃酸都分解了。
真是辛苦了。
我的下屬盡是些沒什麼錢的年輕男子，
跟他們要他們藏著的泡麵實在是…
甲太郎。
小甲。
實在受不了妳耶！
太亂來了！
這樣偶發的意外對進步而言也是很必要的。
這才不是什麼意外！
我這種想法既正面又有彈性。
年輕人！
冷靜一點！
吵死了！

什麼嘛。
我現在這樣可是非常稀奇耶，你開心一點。
少說有九十七分。
妳話太多了啦！
可惡——
從以前就一直想不透姊姊在想什麼。
嘖。
想破頭到要哭了嗎？
白癡喔！
喂！
模特兒，內臟不要露在外面！那樣子太不正常了！

如何？
（嗶嗶嗶嗶嗶）（喀嚓）

看起來有沒有像別人啊？
（嗶嗶嗶嗶嗶）（喀嚓）

看起來就是姊姊啊。

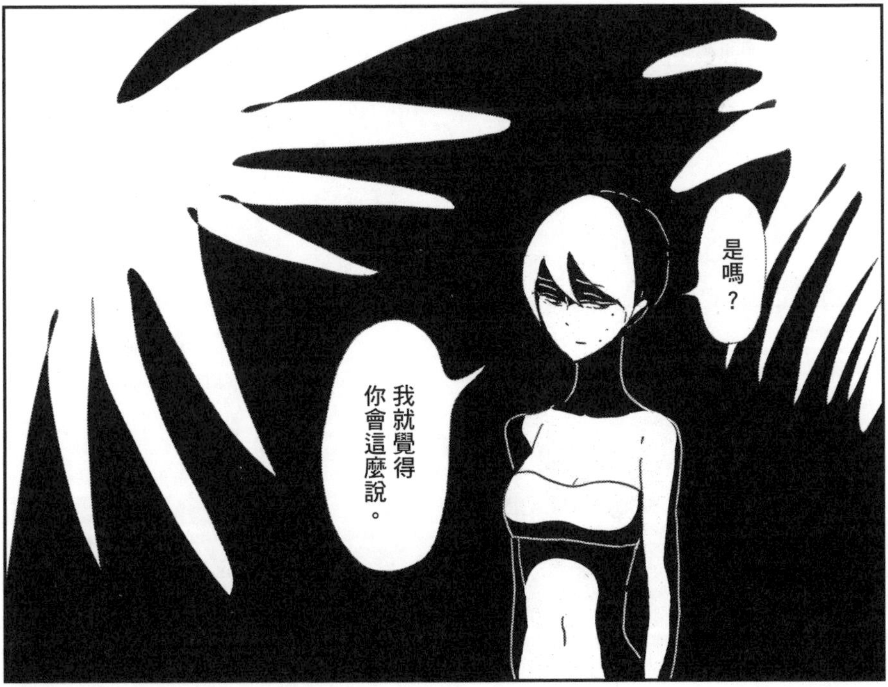
是嗎？
我就覺得你會這麼說。

對了。
還有其他事嗎？
我變得稀有又珍貴了，
嗯。是啦。
所以或許會被抓走。
我已經被當成目標了。

（啪沙 啪沙 啪沙 啪沙 啪沙 啪沙 啪沙 啪沙 啪沙）
在這！
哎呀——真是太好了——
終於找到妳了——
值完夜班然後路上什麼都沒有，好可怕啊。
是
是我的下屬。
（磅）

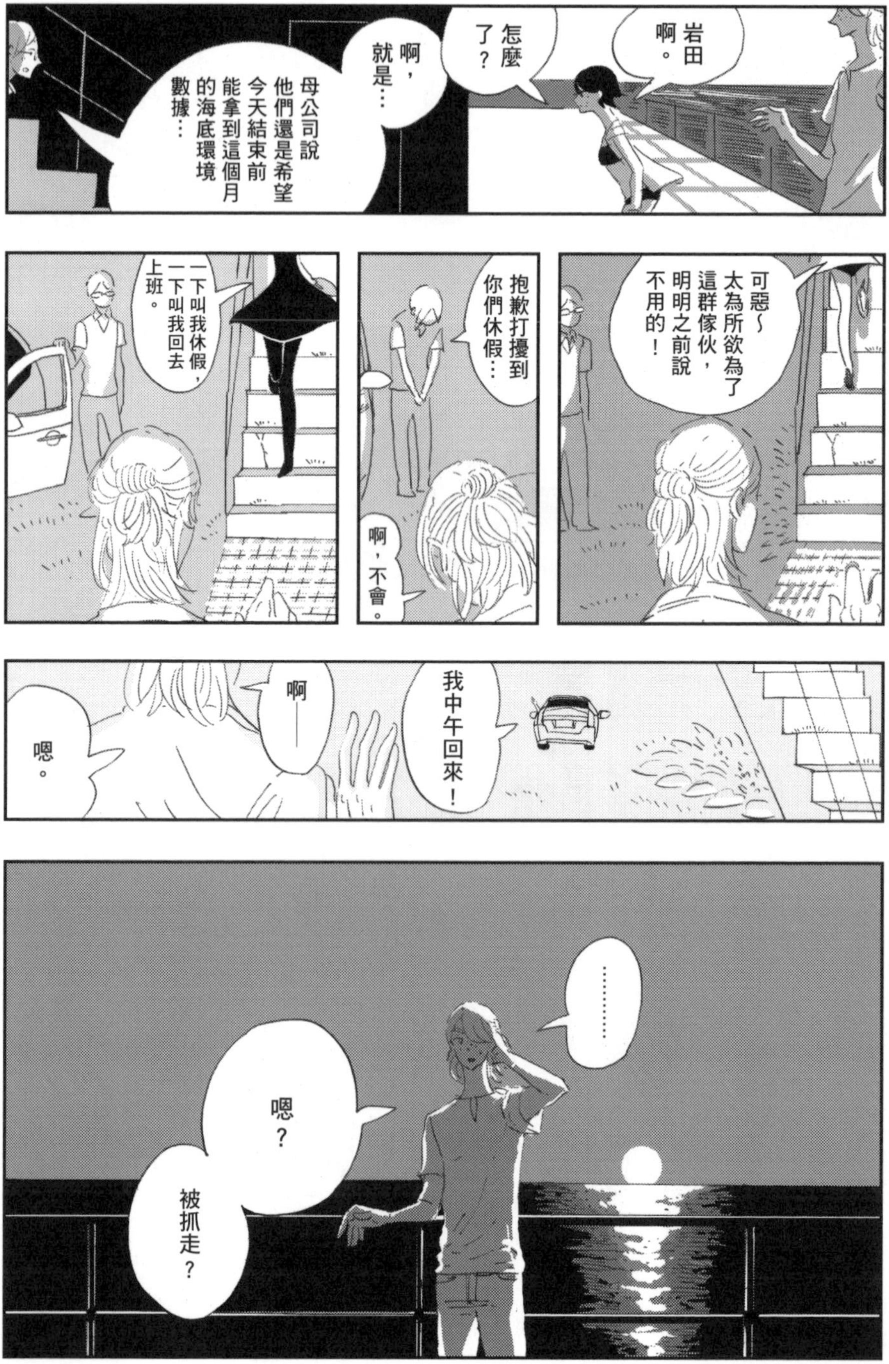
岩田啊。
怎麼了？
啊，就是……
母公司說他們還是希望今天結束前能拿到這個月的海底環境數據……
可惡～太為所欲為了這群傢伙，明明之前說不用的！
抱歉打擾到你們休假……
啊，不會。
一下叫我休假，一下叫我回去上班。
我中午回來！
啊——
嗯。
…………
嗯？
被抓走？

聽說副長要來？
似乎是，不過沒看到人。
副長！
…是妳嗎？
咦。
喀
喀
喀
哇。
喀
喀
喀
カッ
（喀）
這個，
先幫我保管。
呼
其實慢慢來就好了啊～
真的是跟弟弟在一起嗎？
有問題喔～
不要吵！
去工作！
啊。
剛剛。
算了。
我去搭計程車。
可惡。

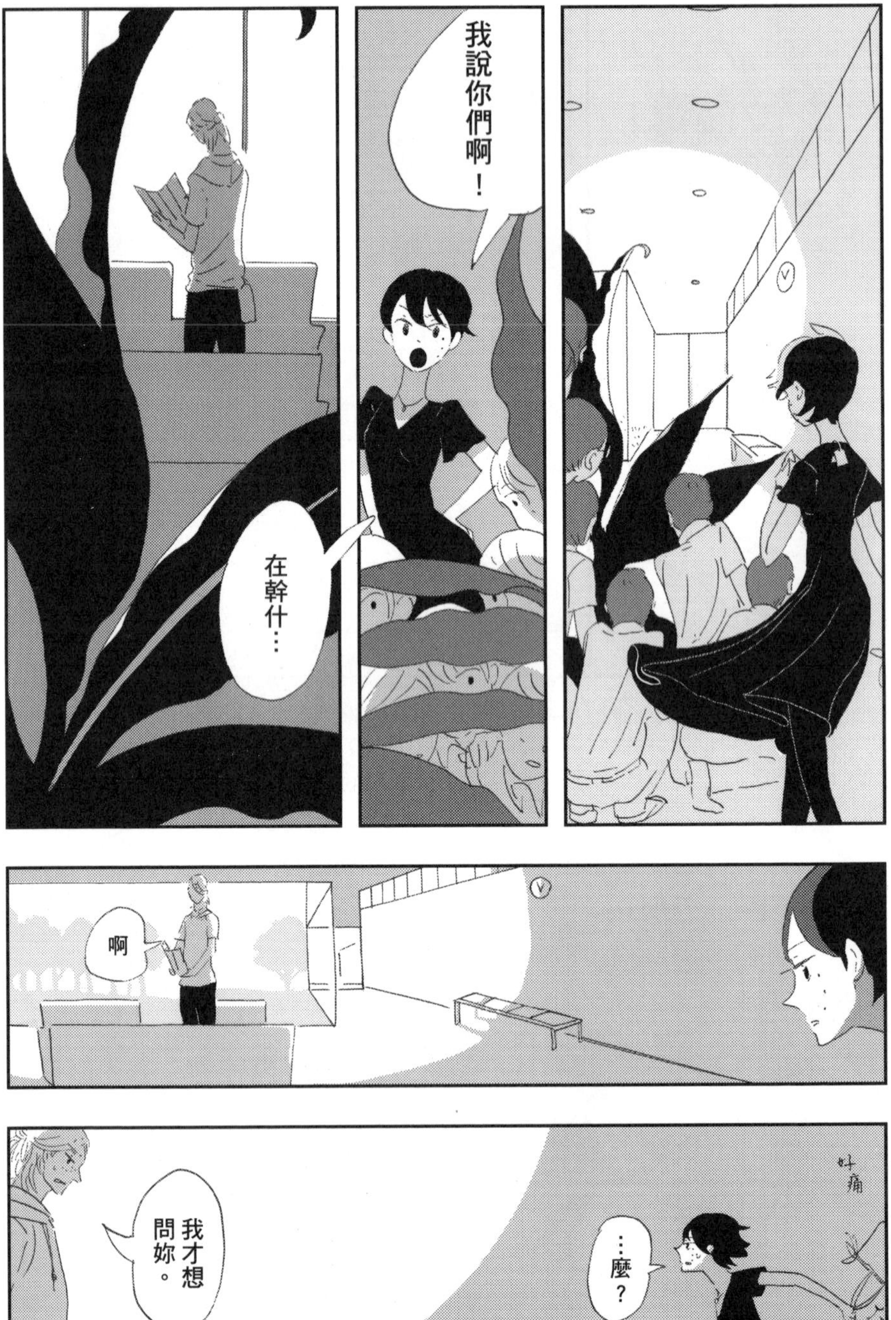
我說你們啊！
在幹什…
啊
好痛
…麼？
我才想問妳。

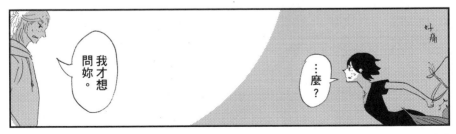

看到了嗎？
看不清楚
借我
早上話才講到一半吧！
才講完「會被抓走」或是「被當成目標」這些話就立刻不見人影是怎樣！
中午都過了也不聯絡。
在公司不會有事啦。
沒事個鬼啊，保全也太隨便了吧！
我是西小姐的家人
不好意思
櫃檯
因為工作性質是生物探索研究，好奇心旺盛的人特別多。
我立刻幫你叫她
請稍候
啊
不用
我在車上等
沒關係沒關係沒關係沒關係沒關係
吵架嗎？
吵架啦
還有，我是貝殼這件事，這間公司沒人知道。
年輕人～我可以喝這咖啡嗎？
喂！
沒被發現。

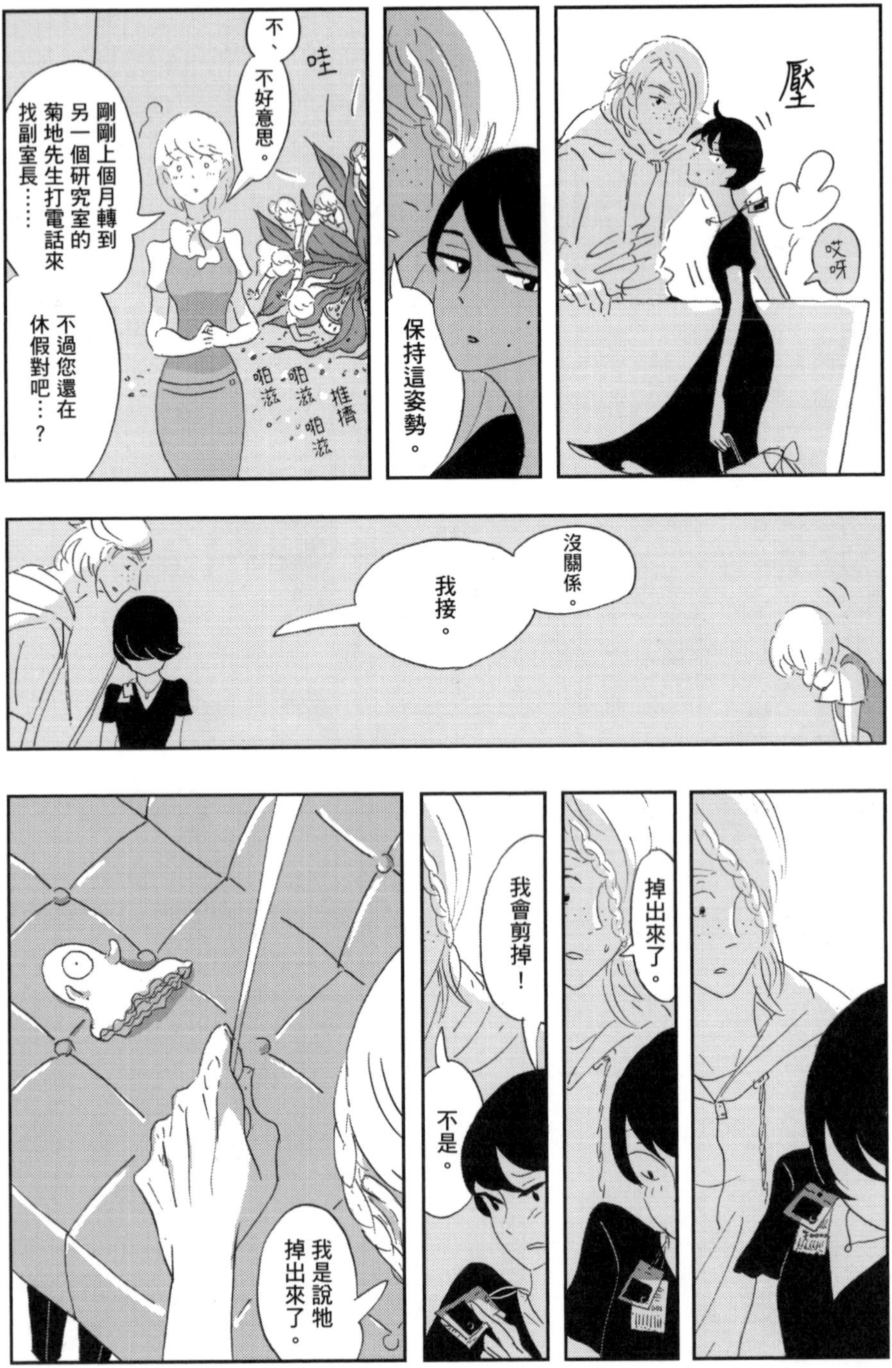
壓
哎呀
保持這姿勢。
哇
不、不好意思。
剛剛上個月轉到另一個研究室的菊地先生打電話來找副室長……
不過您還在休假對吧…？
推擠
啪滋
啪滋
啪滋
沒關係。
我接。
掉出來了。
我會剪掉！
不是。
我是說牠掉出來了。

那孩子，
原來會抽一點菸啊…
不喜歡嗎？
很不錯。
不錯吧？

看這個溶在氣泡裡的珍珠！這可是我拿乙女妳分給我的貝類偷偷試做出來的唷。
儘管那邊的器材很缺很不夠用，我還做成覆盆子口味呢。
真是太有趣了～這些貝最近才剛被發現，居然能夠記住並重現飼料的顏色和味道。
深海研究都被說設備要花很多錢卻又沒什麼經濟效益可言，明明一切都才剛開始呀……
那位天才西乙女整整花了五年都沒有結果耶！所以嘛，要用全然未知的生物和菌種製造出劃時代的新藥，可能性就在深海裡！
咚
這新的研究室都讓我有點熱血了，哈哈哈。
所以，
ALRIGHT ALRIGHT
從昨天開始就在吃好料
妳真的吃了這種貝嗎？
是啊。
我賭命吃了三個。
想說反正都要被處理掉，乾脆趁這機會嚐嚐味道。
不愧是妳啊，想法都跟人家不一樣。
真想再一起工作吶。
阿菊，

你該不會在新的研究室待得不順吧？
啊
真是的～
我還真是第一次監視人類。
而且還是家人。
觀景台→
……已經不是人了啊。

啊，不要全部吃完唷。
年輕人～我想喝那個～
咦？又要咖啡？
易開罐口對你來說有點危險吧，你不怕像剛剛那樣一下子就被割斷嗎？
不會不會，我本來就已經是分開的啦。
幫人家照顧寵物還這樣任意餵食也是不行啊～
光是咖啡深沉的黑色，就讓我想起了故鄉的大海。
啊啊，我的故鄉真是遙遠。
嗯——
跟同伴分離真是孤單啊～

你根本是在假哭吧。
你好好看著姊姊。
耶~
有那麼喜歡咖啡？
以前很討厭，現在已經上癮了。
嗯——畢竟姊姊只喝咖啡不喝別的。
你是要黑咖啡？
啊，我要加很多砂糖跟北海道牛奶的。
你那深沉的黑色故鄉怎麼不見啦……
一切正常。
可是，哎，這次的姊姊真的有史以來最令人不解。
以前至少還是個人類。
我是不知道她被誰當成目標，
但這事不趕快結束就沒辦法回去工作了。
這樣下去我根本變成跟蹤狂。
或者狙擊手。
（啪滋）

（砰）
我去游泳。
喂，等等！
沒事啦。
現在是晚上。
嗯，那個，
我不是少了一隻嗎？平衡感變差，把酒打翻了。
這位只是個醉到昏頭的前同事，阿菊。

哎—到底是怎樣啦。
噗通
啊。
感覺還好嗎？
別擔心。
我是西的弟弟。
想要喝什麼？
要藥嗎？
騙人。
乙女的弟弟，怎麼可能那麼有禮貌。
她在公司裡也是怪人嗎？
是公司裡最怪的人啊。
我就知道。
可是也最受歡迎。
是喔，她都冷冷的耶。

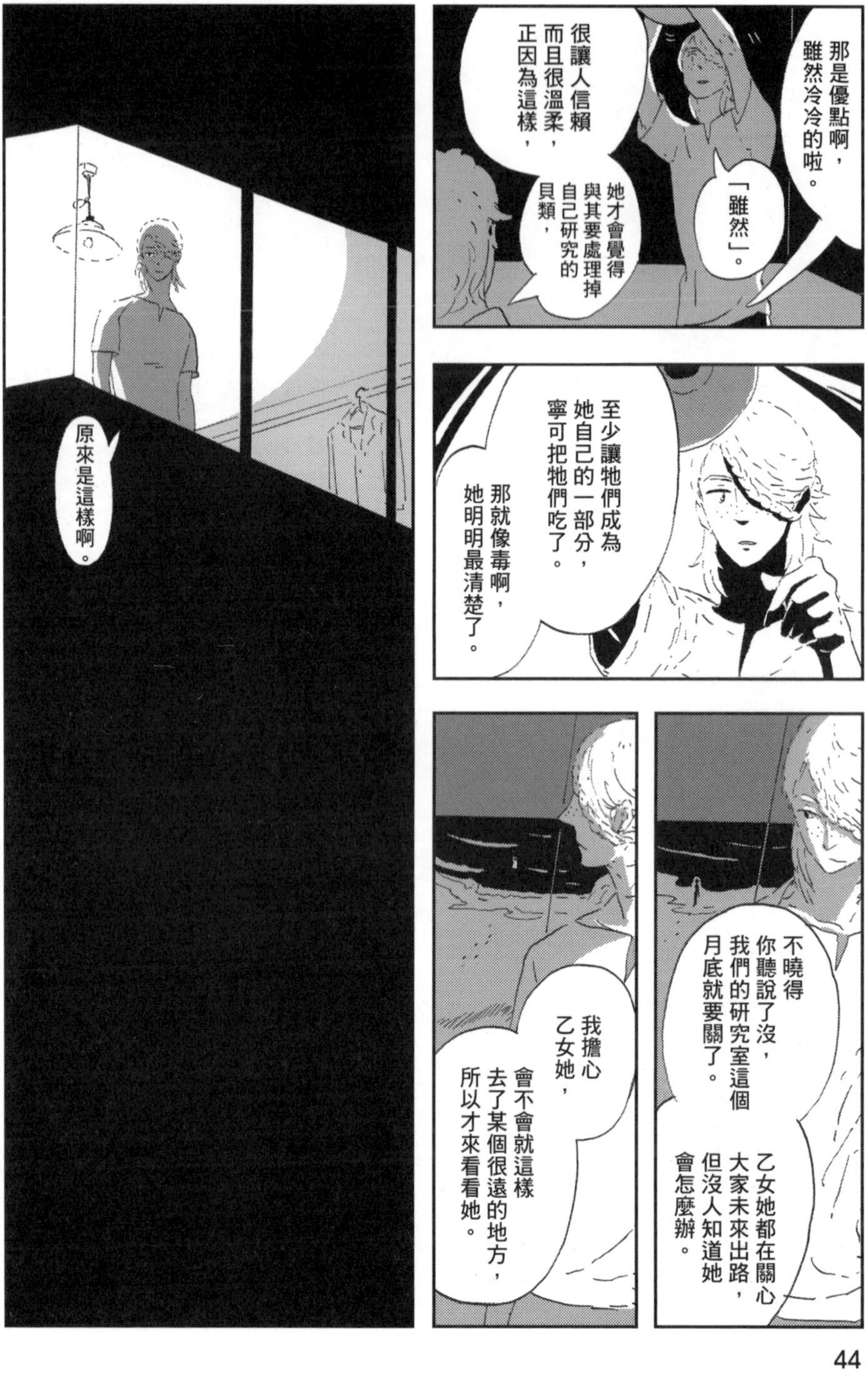
那是優點啊，雖然冷冷的啦。
「雖然」。
很讓人信賴而且很溫柔，正因為這樣，
她才會覺得與其要處理掉自己研究的貝類，
至少讓牠們成為她自己的一部分，寧可把牠們吃了。
那就像毒啊，她明明最清楚了。
不曉得你聽說了沒，我們的研究室這個月底就要關了。
乙女她都在關心大家未來出路，但沒人知道她會怎麼辦。
我擔心乙女她，
會不會就這樣去了某個很遠的地方，所以才來看看她。
原來是這樣啊。

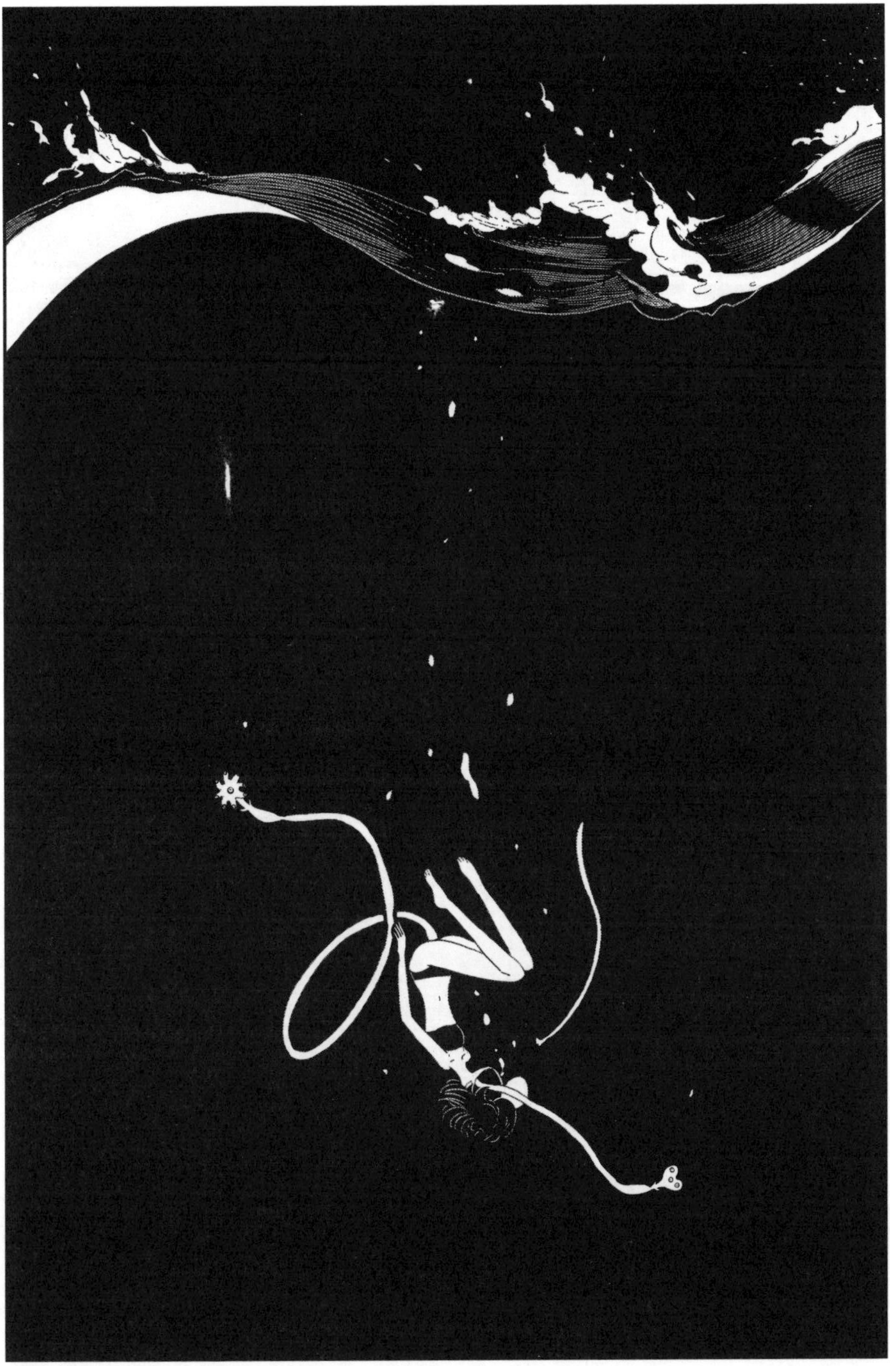

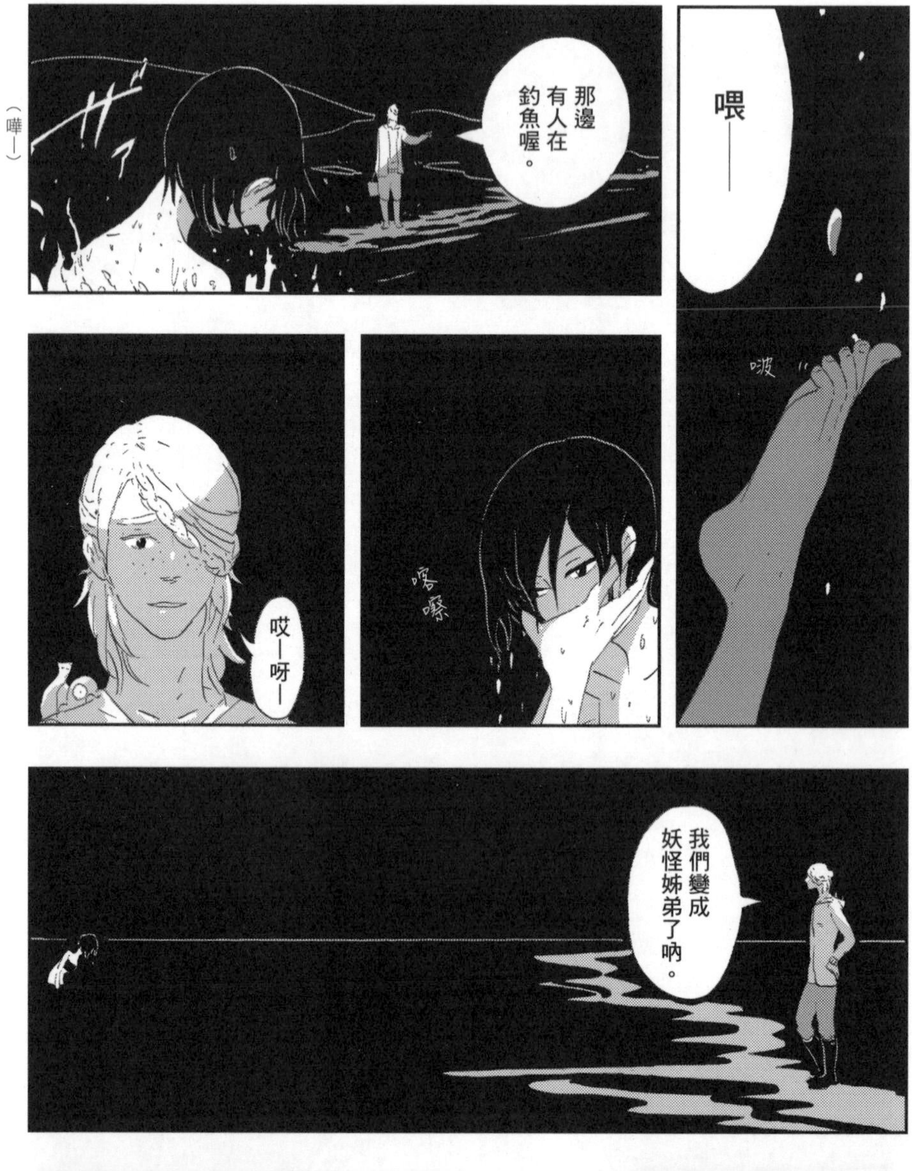
喂——
啵
那邊有人在釣魚喔。
（嘩—）
喀嚓
哎—呀—
我們變成妖怪姊弟了吶。
我已經沒有血液了。
這樣還能說是你姊姊嗎？

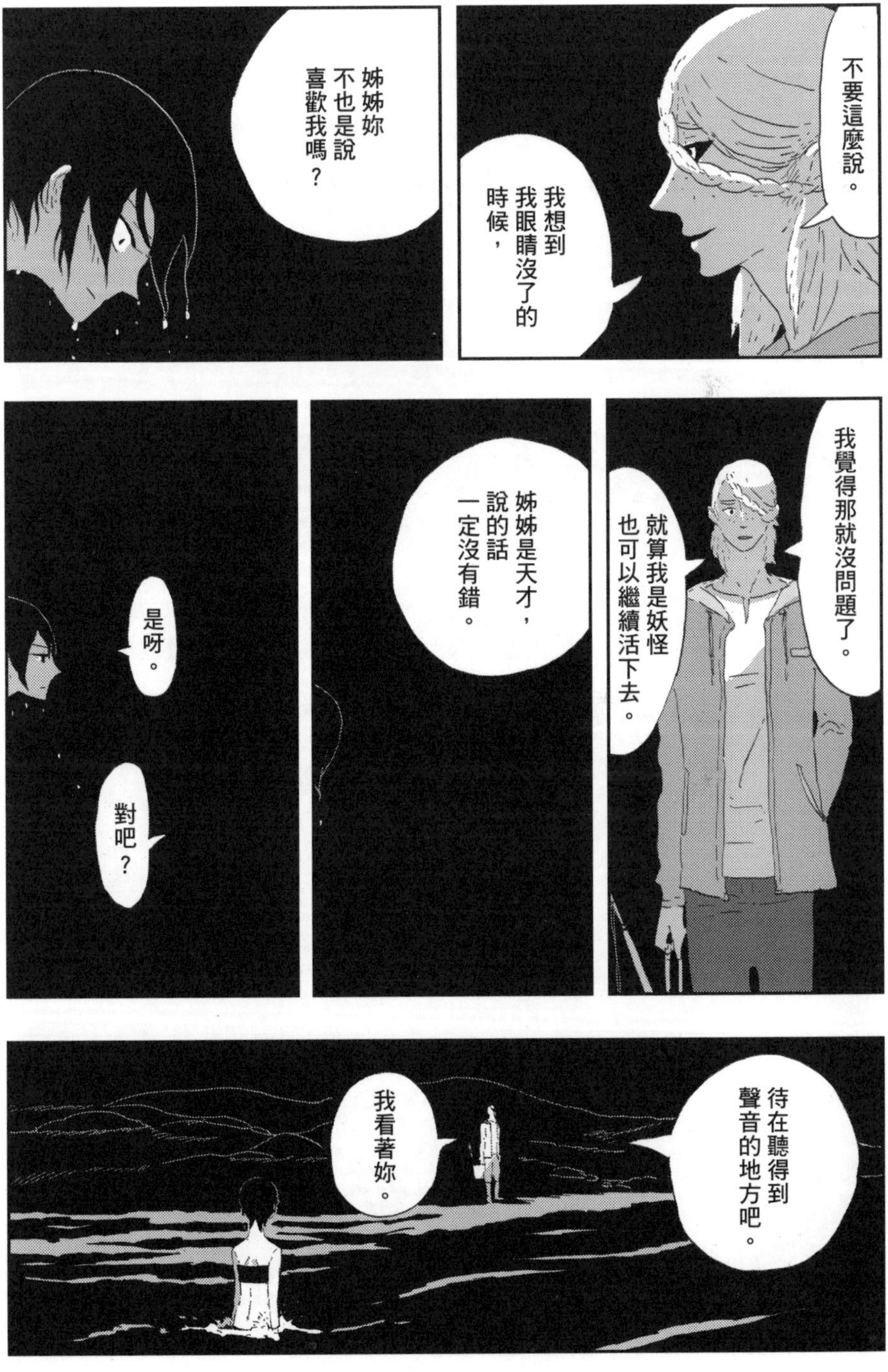
不要這麼說。
我想到我眼睛沒了的時候，
姊姊妳不也是說喜歡我嗎？
我覺得那就沒問題了。
就算我是妖怪也可以繼續活下去。
姊姊是天才，說的話一定沒有錯。
是呀。
對吧？
待在聽得到聲音的地方吧。
我看著妳。

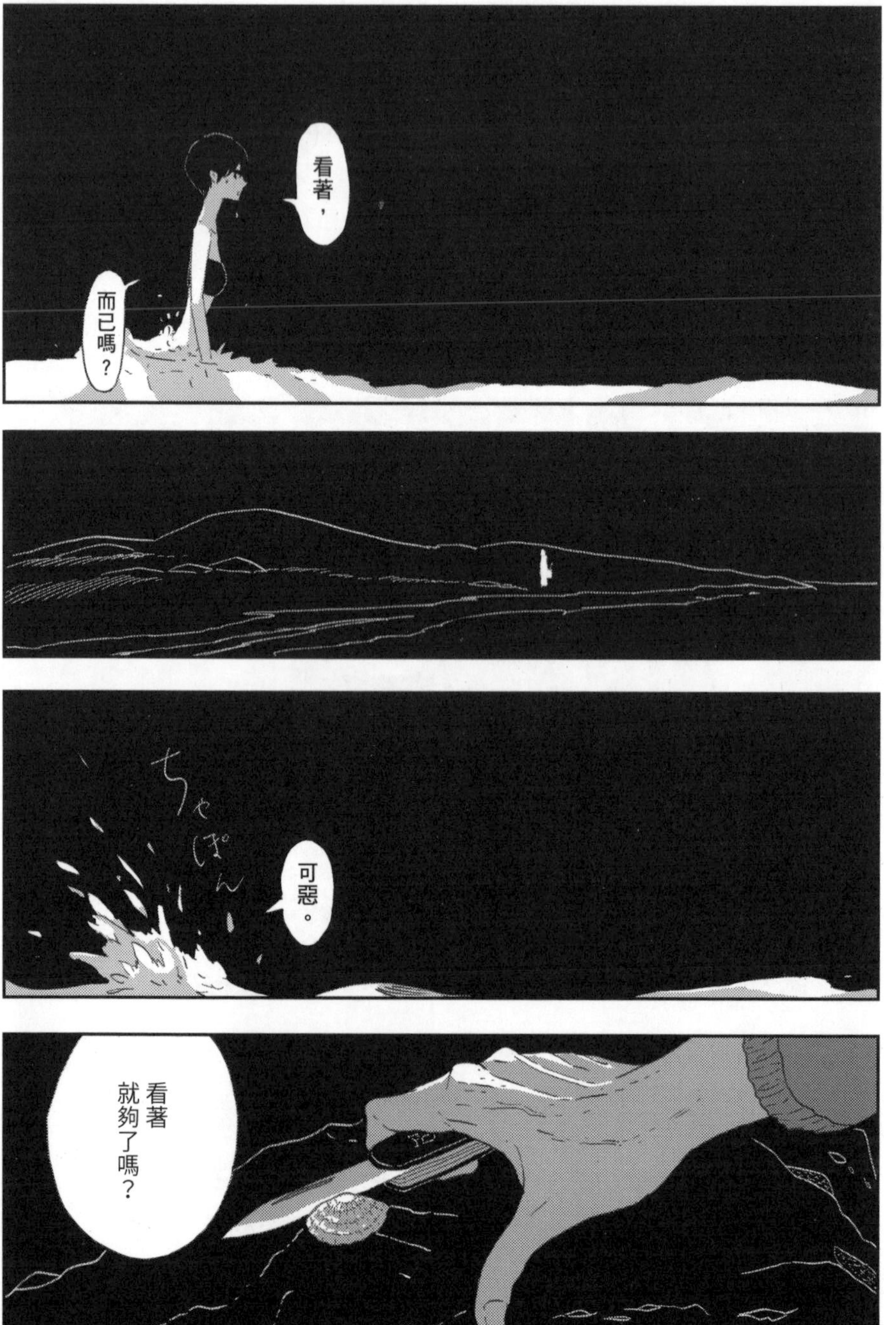
看著，
而已嗎？
可惡。
（嘩啦）
ちゃぽん
看著就夠了嗎？

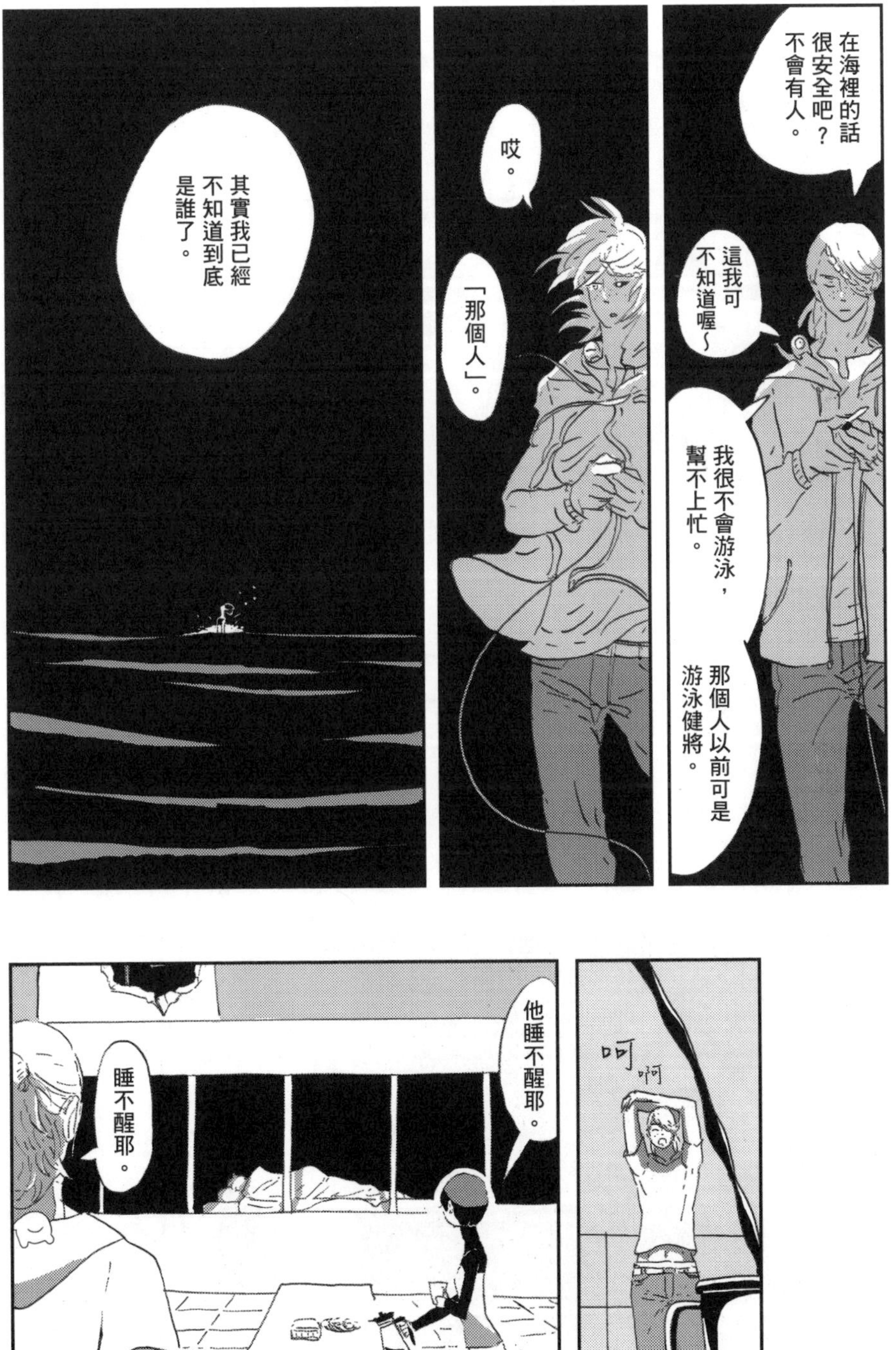
在海裡的話很安全吧？不會有人。
這我可不知道喔～
我很不會游泳，幫不上忙。
那個人以前可是游泳健將。
哎。
「那個人」。
其實我已經不知道到底是誰了。
呵啊
他睡不醒耶。
睡不醒耶。

啊～想快點送他離開。
我都沒辦法放鬆。
阿菊盥洗會花很多時間唷。
新人研習時讓我等得可久了。
阿菊很會梳妝打扮嗎？
別問。
這個謎團，
可是比深海更深……
ちゃぽん
（噗嚕）
妳可以再謹慎一點嗎？
以妳九十七分的身分。
咕嘟咕嘟咕嘟
milk
嗯……
再低調點。
是～
（磅）
（磅）
（嗶）
ピッ
是
是我的上司。

啊？
怎麼又是公司的人？
妳也太受歡迎了吧。
休假都還會來找妳。
每天每天。
（砰噹）

又有點失去平衡。
沒、
我沒事。
剛剛那聲音不太對勁欸。
沒事，破了會有水流出來。
我知道。
真的？
沒有濕，
吧。
嗯。
乙女～！妳在吧～

我去接待他們。
妳先休息。
還是那麼貼心但隨便。
真是都沒變。

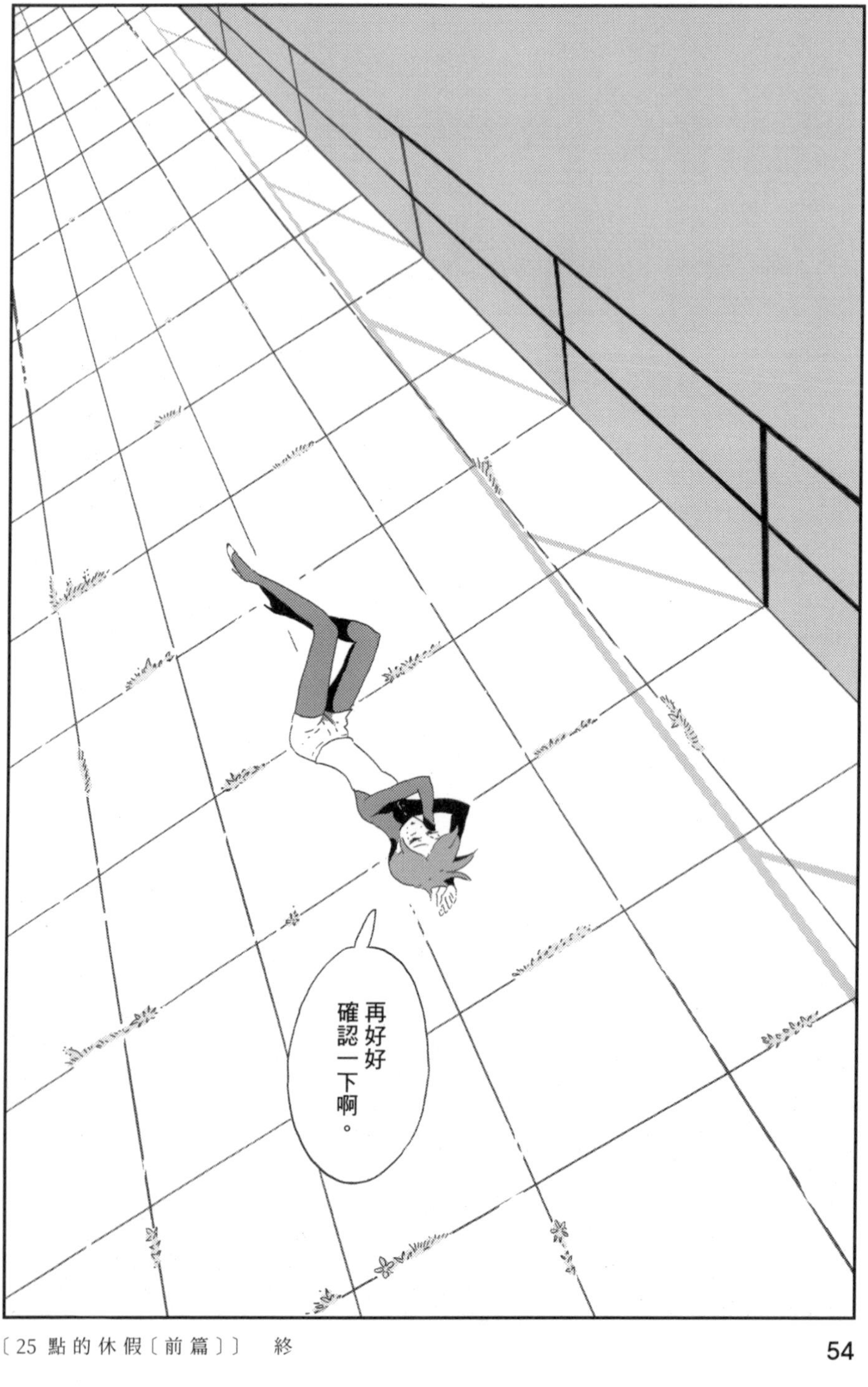
再好好確認一下啊。

不好意思休假中還來打擾你們。
喔～！
就是你啊！
傳說中的弟弟。
妳好。姊姊現在不舒服。
啊。沒關係，沒關係。
真的不好意思。
菊地——！
嗯～
菊地，菊地。
菊地——！
嚇。
謝謝你的照顧啊甲太郎。
再幫我問候乙女。
下午兩點前要到總公司。
已經幫你訂好機票了。
我們會送你到大路上。

バタン
（碰）
タ
タ
タ
タ
（踏踏踏踏…）
タ
（喀掐）
タン
タン
タン
タン
タン
タン
（踏踏踏踏踏踏）
ガチャ
好想喝冰冰涼涼的茶喔～
下樓梯後有天然鹽味的水讓妳喝個夠。

25點的休假（後篇）

上司要去做最後的請願，妳竟然穿著露腿裝……
副室長！
不知道是我錯覺嗎？妳的髮色都變得有光澤了，看來出差很輕鬆吶，室長。
身為領導階層的人，怎麼還隨他人的片面消息起舞……！
我可不想聽一個與偽裝成弟弟的年輕男子一起度假的傢伙這麼說。
因為妳都冷冷不回應，我就變眾矢之的了……！
哎呀——這樣也太難看了吧。
嫉妒自己的好友。
不要吵！去旁邊吃草啦！
只是喝個茶而已沒關係吧？
我們家只有咖啡！
好驚險啊～
真是的。
呃。
要是真的破了怎麼辦啦。
真是的～
呼。

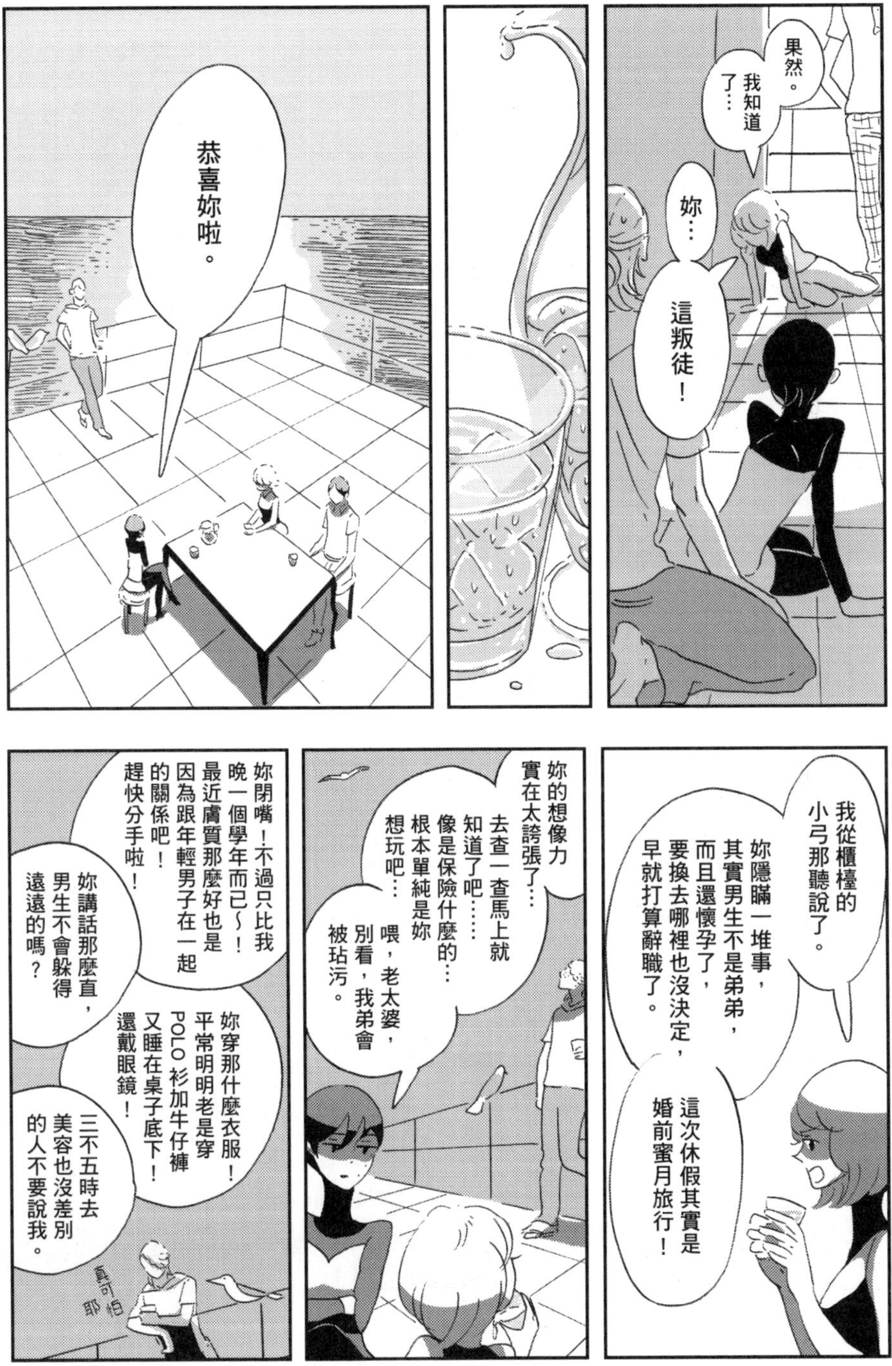
果然。
我知道了……
妳……這叛徒！
恭喜妳啦。
我從櫃檯的小弓那聽說了。
妳隱瞞一堆事，其實男生不是弟弟，而且還懷孕了，要換去哪裡也沒決定，早就打算辭職了。
這次休假其實是婚前蜜月旅行！
妳的想像力實在太誇張了……去查一查馬上就知道了吧……像是保險什麼的……根本單純是妳想玩吧……
喂，老太婆，別看，我弟會被玷污。
妳閉嘴！不過只比我晚一個學年而已～！最近膚質那麼好也是因為跟年輕男子在一起的關係吧！趕快分手啦！
妳講話那麼直，男生不會躲得遠遠的嗎？
妳穿那什麼衣服！平常明明老是穿POLO衫加牛仔褲又睡在桌子底下！還戴眼鏡！
三不五時去美容也沒差別的人不要說我。
真可怕耶

哎～妳又不是屆齡退休，要是不工作了妳還剩什麼價值？不會煮飯做家事，驕傲自大，年紀也大。
一退休就立刻需要請看護了。
妳講的話我原封不動還給妳。
不予置評
就像關閉沒有用的研究室一樣。
我們這些研究員要是沒有用的話……
就沒辦法生存下去了，絕對。
要去哪都沒關係，要是不當研究員的話我不會原諒妳。
妳可是個天才啊。
可是，
能救起研究室的發現我半個都沒找到。
我一次都沒能救到相信我是天才的人。
但我會努力到最後一刻。
…我有在思考一些事，休假這段期間會把它理清楚。

什麼嘛～真的是妳弟弟～真無趣。
不是我弟的話妳又會生氣。
我要宰了妳。
腳真大。
真的是弟弟？
啊——妳實在很煩耶。
唔，有汗，鞋子穿不進去。
剛剛太激動了。
請。
謝囉～

誰？
騙人騙人騙人！
剛剛在啊！你看到了嗎？
既像是鱈寶又像是魚板……長長白白的……
海產系！很接近！
她莫名敏銳啊。
這個燈塔很老。
應該只是單純有鬼跑出來而已吧。
說那什麼話！
沒有科學根據。
嗯
真是太有意思了！
回去啦！
解開謎底前我不回去了！
哦——

鏗
好痛。
傍晚有個報告這次出差的會議，下午就得走了。
不好意思用伴手禮招待。
拜託你了，八木。
不會，好好休假。
我才不好意思待了那麼久。
這家咖啡凍好像很好吃唷。
哇嗚。
加點奶油吧。
不用麻煩了。

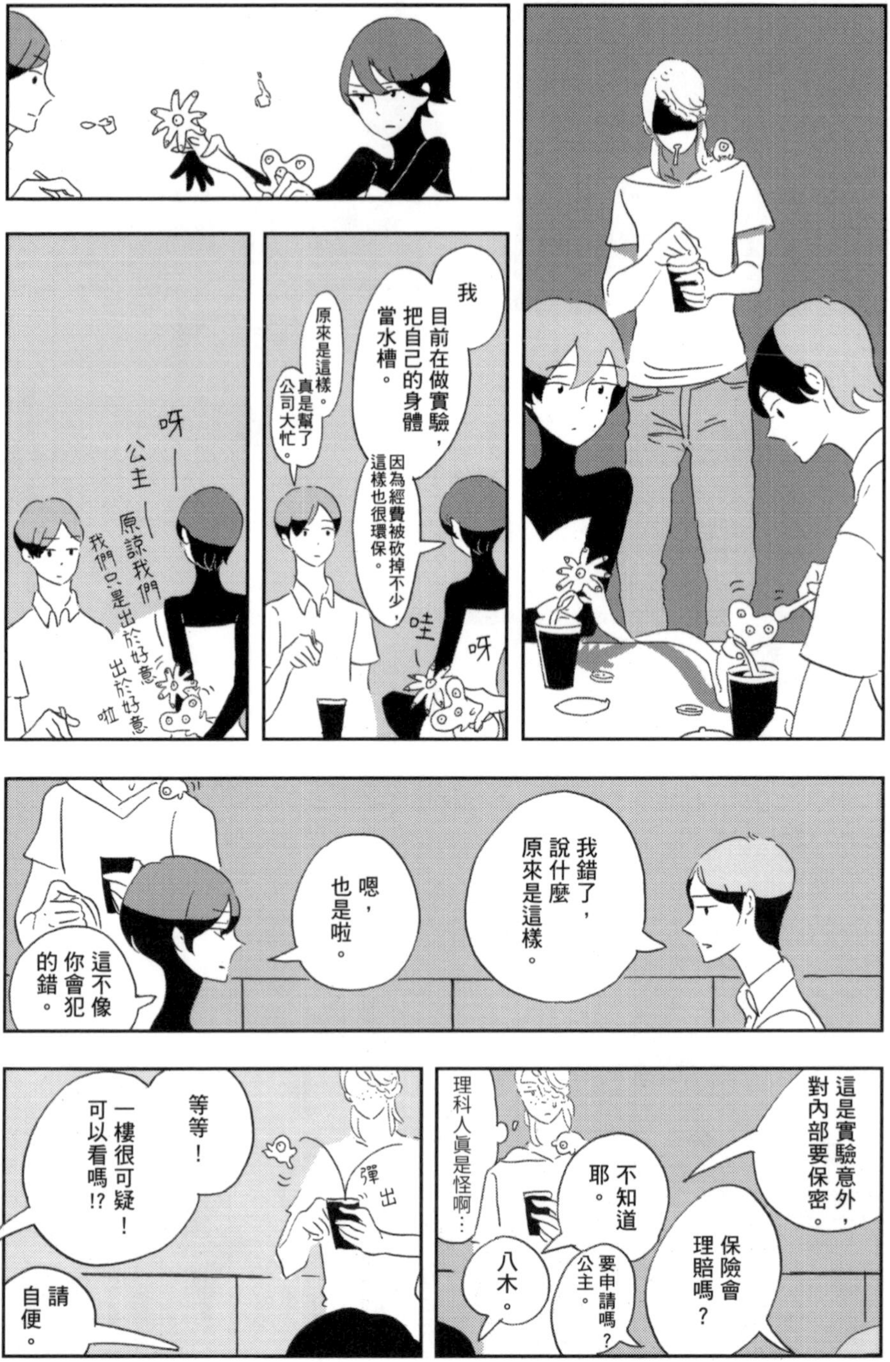
我目前在做實驗，把自己的身體當水槽。
因為經費被砍掉不少，這樣也很環保。
原來是這樣。真是幫了公司大忙。
哇—
呀
呀—
公主—
原諒我們
我們只是出於好意
出於好意啦
我錯了，說什麼原來是這樣。
嗯，也是啦。
這不像你會犯的錯。
這是實驗意外，對內部要保密。
保險會理賠嗎？
要申請嗎？公主。
不知道耶。
八木。
理科人眞是怪啊……
等等！一樓很可疑！可以看嗎!?
彈出
請自便。

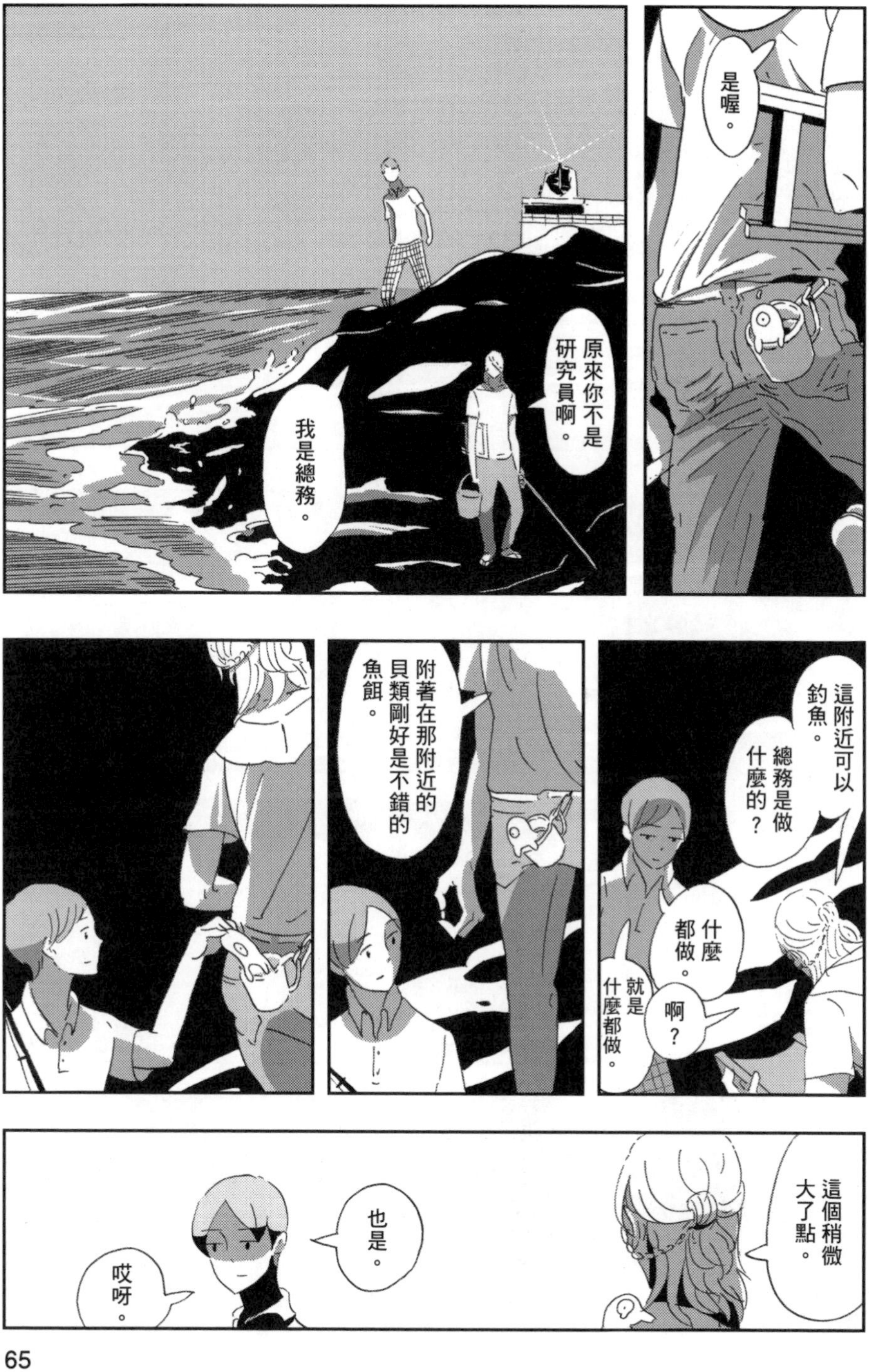
原來你不是研究員啊。
我是總務。
是喔。
這附近可以釣魚。
總務是做什麼的？
什麼都做。
啊？
就是什麼都做。
附著在那附近的貝類剛好是不錯的魚餌。
這個稍微大了點。
也是。
哎呀。

是日式古代泳法。
游得流暢又自在，感覺很舒服。
乙女真是厲害啊。
跟過世的奶奶學的。
我就不會游。
話說回來，
甲太郎滿二十歲了吧。
恭喜你呀。
哎呀。
你為什麼會知道？
乙女她難得提到家裡的事。
咻
樣子好像有點開心，大家都懷疑該不會其實是男友。
哈哈哈，真是抱歉，沒大家想的那樣香豔刺激。
她會那麼開心，
一定是，
覺得總算能擺脫幼稚的弟弟了。

你的眼睛，
可以問是怎麼了嗎？
可以啊。不是什麼大事。
外觀不好看但還是看得到。
六歲時從樹上摔下來而已。
那次之後要流往頭部的血都會通過這裡。
也不能用其他東西蓋住，不然血液循環會變差。
原來如此。
啊咧？
不是公主害的嗎？
你胡說什麼？
她太晚叫救護車，
因為看得太入迷了。

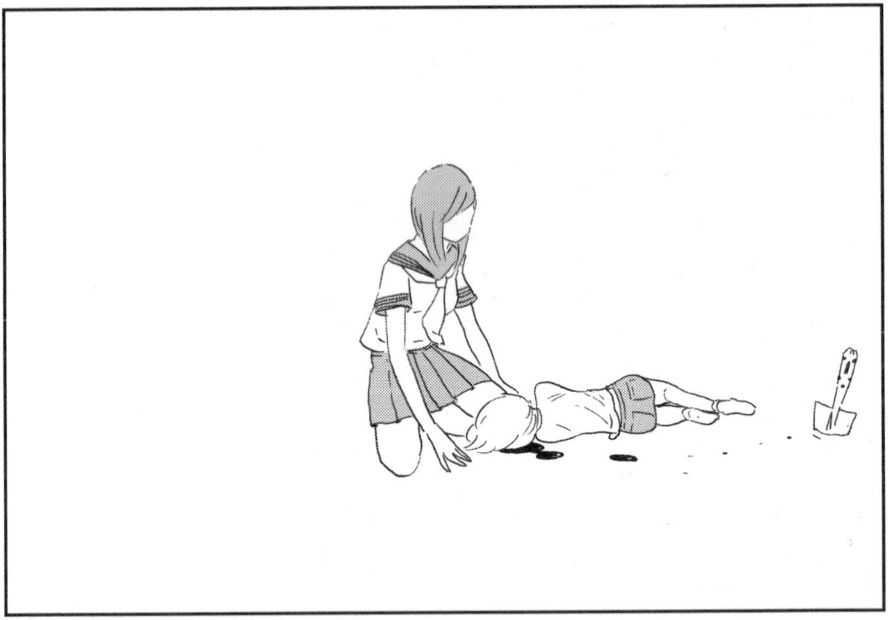

什麼看得太入迷。
那可不是什麼好景象，她是嚇到動不了吧。
不是喔～我吃了公主的腦和內臟，說的話千真萬確。
吃什麼吃！驕傲什麼！
相信我！
沒事沒事。
相信我！
記憶隨著時間過去會出現不同的解讀。
弟弟受了傷，乙女可能自然而然覺得自己要負責。
（咻）
「自然而然覺得」就是最煩人的啊。
其他人又不知道，而且也改變不了啊。
哎，人類心中也有像深海一樣的部分啊。
這話說得真好。
不過，她本來就都這樣講話，不知道是不是因為頭腦太好，我都理解不了。就算問她現在被什麼當成目標八成也問不出個所以然……
被當成目標？
就是她好像會被抓走，所以我必須一直看著她才行。
那是…
哦。

深海研
出差
報告會
這裡本來就是公司的設施啊。
有什麼關係！他是妳弟啊！
幹嘛那麼討厭的樣子？該不會…
炒麵—
真可惜啊，我還換過他的尿布呢。
不要再裝了！揍妳喔！
不可以，打人唷。
喂。
喂喂喂
喂——！
我不承認有這樣的弟弟存在！弟弟怎麼可以染金髮！
好了啦！這是報告會吧！報告！
沒錯！大家聽好！
出差談判無效！
接下來請大家盡情享受深海研解散會！
哇——

我才享受不了咧！
真是～
努力打掃吧！
唉～
啊哈哈哈哈⋯
吃飯囉。
好－
今天半夜應該就會走了。
他們似乎對抓妖怪已經膩了。
以前別人也都叫我「妖怪」。
被人當空氣，還被人嘲諷。
真是忙呢。

我知道。
哦，這樣啊。

該不會，
因為我變成了稀有的生物，
所以她才看得入迷吧？
我是不是拿到高分了。
你相信我了嗎？
嗯……
哎，該說相信嗎，我不覺得她打分數需要花很長時間。
「再早點送到醫院就好了」，肯定是醫生想安慰她才說的。
那個人雖然怪但很正經，所以相信了醫生的話吧。
我會去追尋稀有生物也是那個打分數遊戲的延續。
我希望能從她那拿到高分。
一開始啦。
不過，過不了多久，

我發現我看到比自己還稀有的生物後安心了不少。
這件事我對那個人完全說不出口。
她會看得太認真。
「姊弟」這關係好像很近卻又好遠。
公主似乎一直都希望你能跟她近一點唷。
哦？為什麼？
啊啊，因為她被當成目標嗎？
不是。
因為我很稀有？
不是。
因為我會煮飯？
不是。
哦～
要不然…
嘿咻。
多謝你的招待。
我差不多該走了。
（嘩啦啦啦啦）
（嘩啦啦啦）

真的要走？
是的。
我要回到海底的故鄉，
得好好利用從公主那獲得的知識幫助鄉里發展。
雖然覺得很寂寞，但還是該離開了。
注意安全喔！
健康平安。

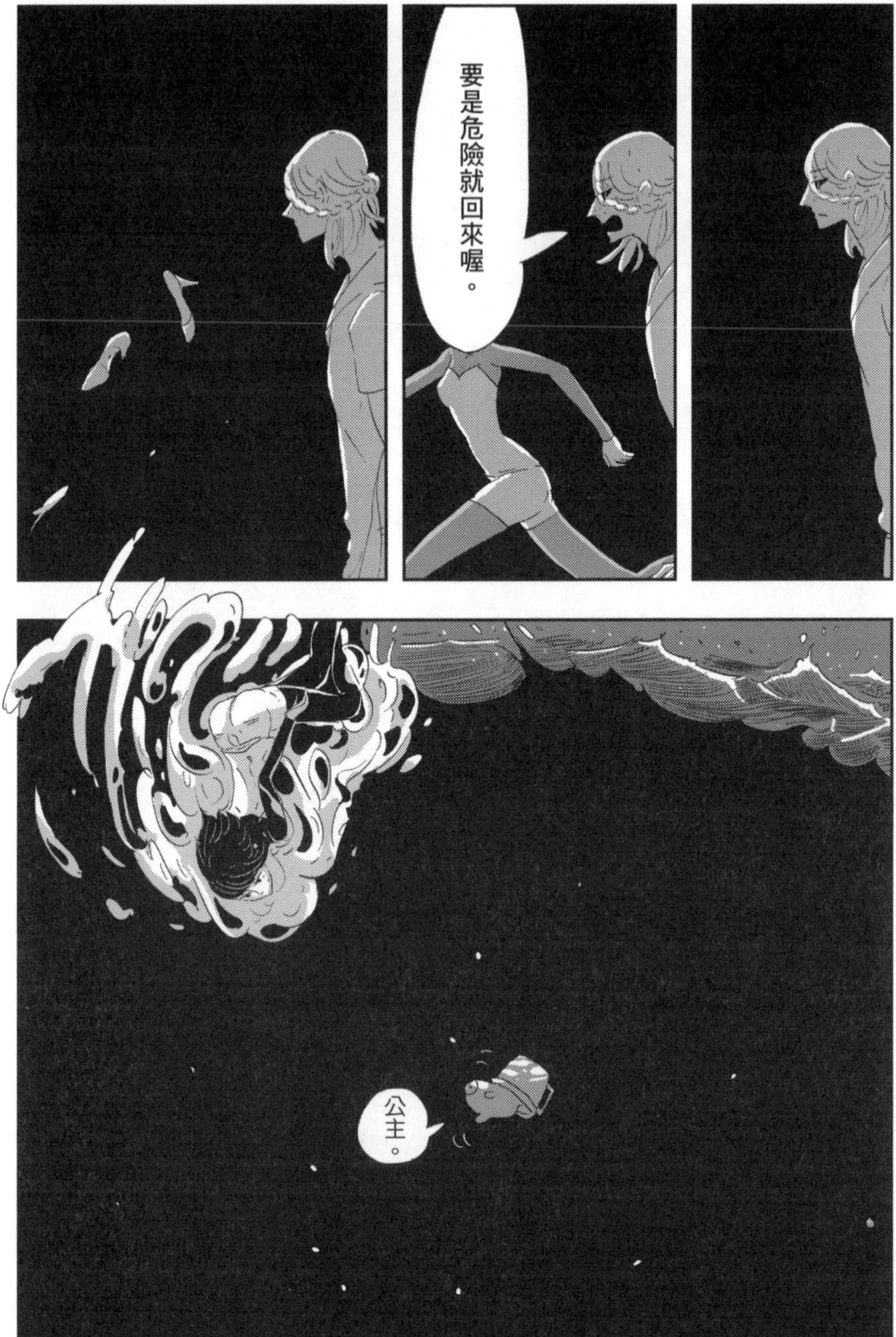
要是危險就回來喔。
公主。

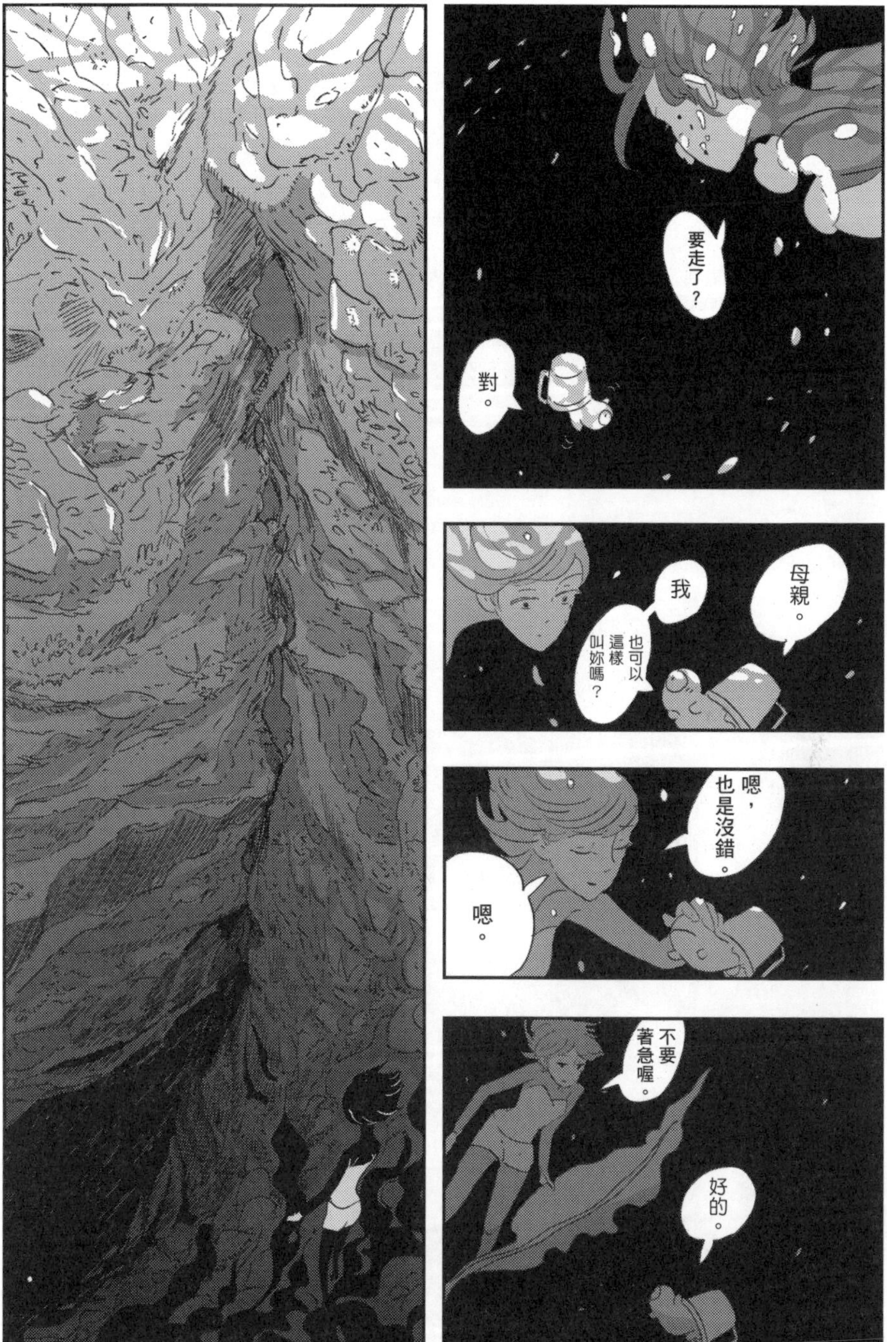
要走了？
對。
母親。
我
也可以這樣叫妳嗎？
嗯，也是沒錯。
嗯。
不要著急喔。
好的。

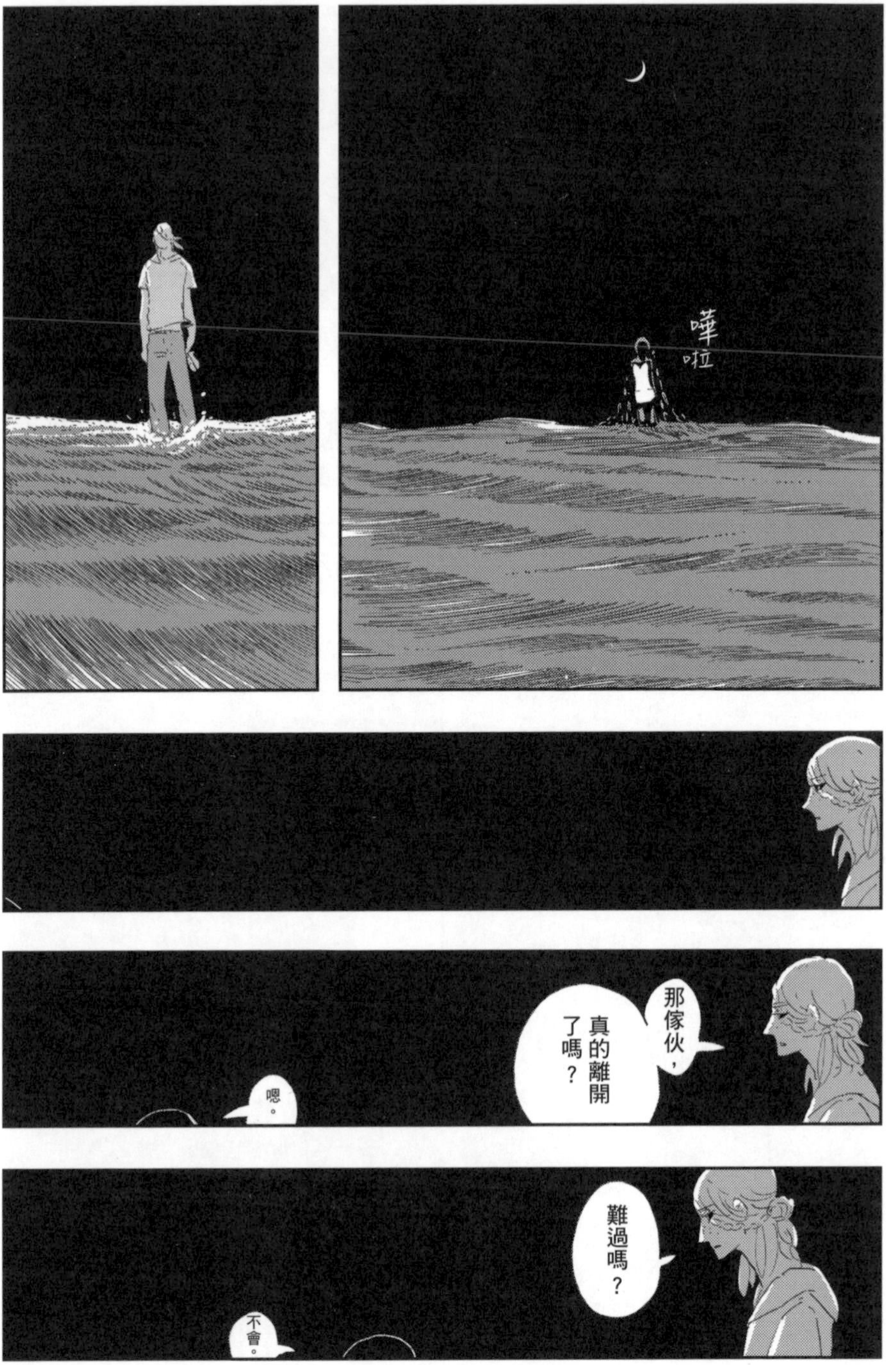
嘩啦
那傢伙，真的離開了嗎？
嗯。
難過嗎？
不會。

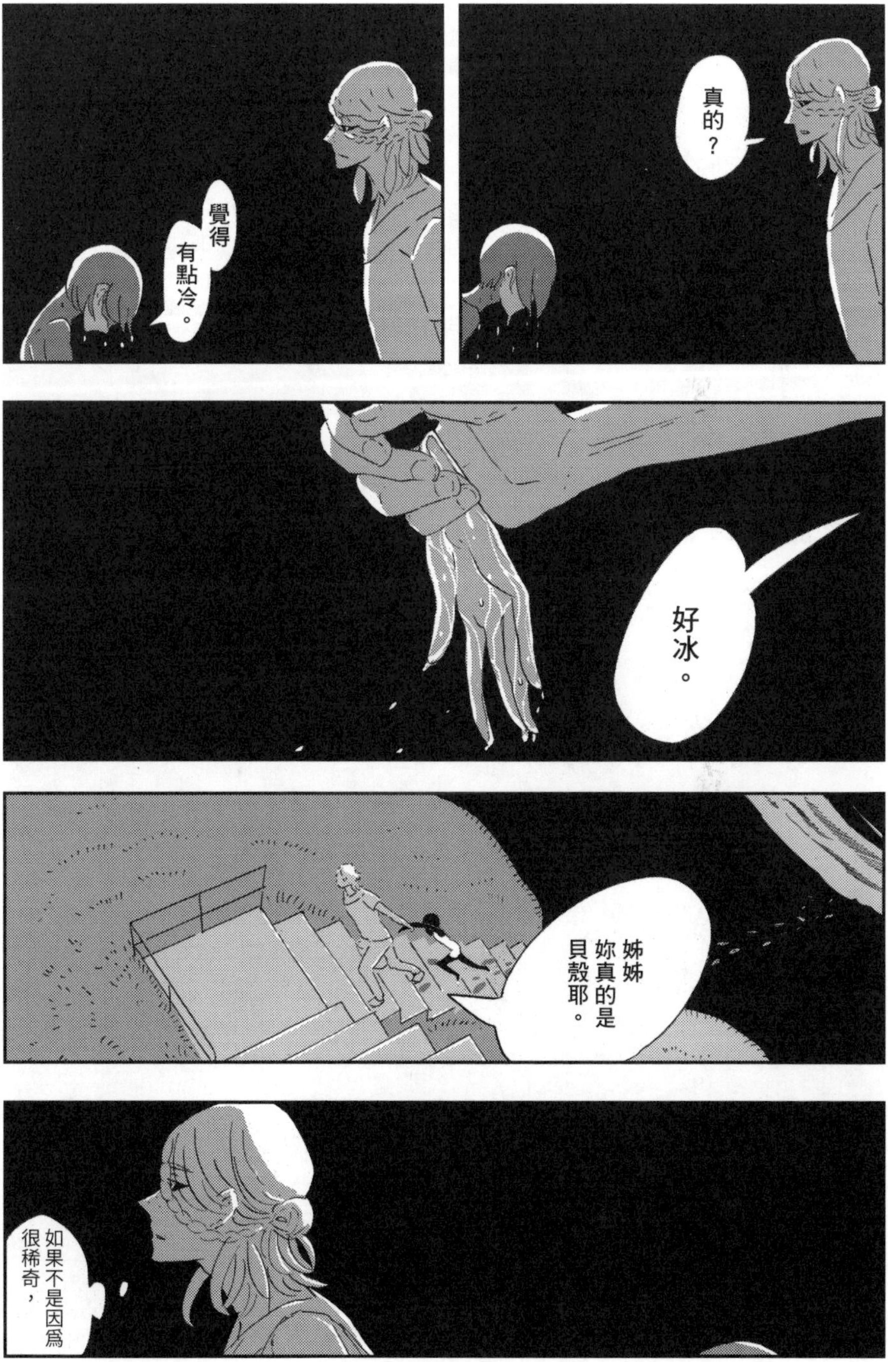
真的？
覺得有點冷。
好冰。
姊姊妳真的是貝殼耶。
如果不是因爲很稀奇，

也不是因爲很好使喚，
還有什麼理由，
需要叫我待在她身邊呢…

不可能。
沒這回事。
就算她人再怎麼怪…
我去幫妳
拿新的衣服
務必也帶咖啡來讓我醒酒～～～
啊咧？那傢伙已經走了嗎？
磅
姊弟之間會牽手嗎？
感情真好。

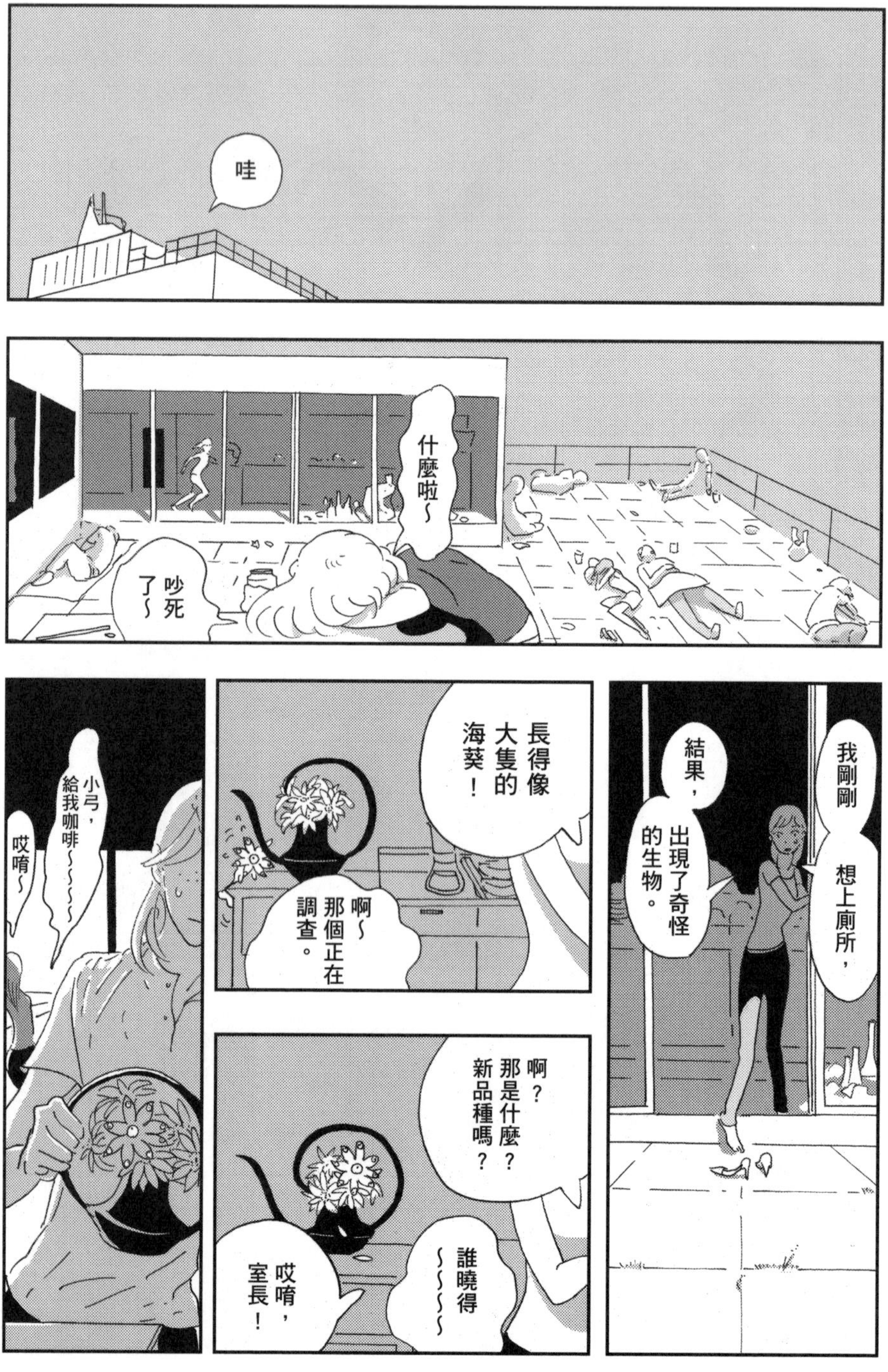
哇
什麼啦～
吵死了～
我剛剛想上廁所，
結果，出現了奇怪的生物。
長得像大隻的海葵！
啊～那個正在調查。
啊？那是什麼？新品種嗎？？
誰曉得～～～～
哎唷，室長！
小弓，給我咖啡～～～～
哎唷～

注意安全喔。
是。
將來，要是海底能因公主給予的知識而興盛的話，一定邀請妳來。
我會把這年輕人想拍的稀有生物全都召集過來。
那拜託你快點啊。
我可是會一直變老下去呀。
伸
放心交給我，我會讓你見識到我故鄉的潛力。
海底裡才有喔！
不要吵～

讓你們分開回去很寂寞吧？真對不起啊。
不會不會。
寂寞不是什麼壞事。
它會讓我感謝他人的存在。
孤獨是自出生到回歸塵土為止的苦澀奢侈品。
尤其公主的孤獨更是高級。
期望我能早日再嚐到那年輕人泡的咖啡牛奶。
祝妳平安，地面上的母親。
妳讓瀕死的我們重生。
我會永遠記在心裡。

嘩啦
（啪啦）
喂。
我沒事。
只是因為體重變輕所以不太穩。
你先回去。
沒事的。
我一個人可以。
像這樣，

三隻都沒有了，
會怎麼樣啊？
或許，
會沒辦法站立。
怎麼可以。
又不會死。
可是…
到時候，
我就會極度接近，
滿分了吧。

所以，再多等一會兒吧。
好好觀察我。
沒事的。
我做了個獨一無二的東西。
你不會失望的。
回去吧。
バシャ
（啪啦）

我們在一起會讓人起疑。
被誤會成姊姊的男友，讓你很不舒服吧，對不起啊。
不過，要是我們不是姊弟，
就能更輕鬆地……

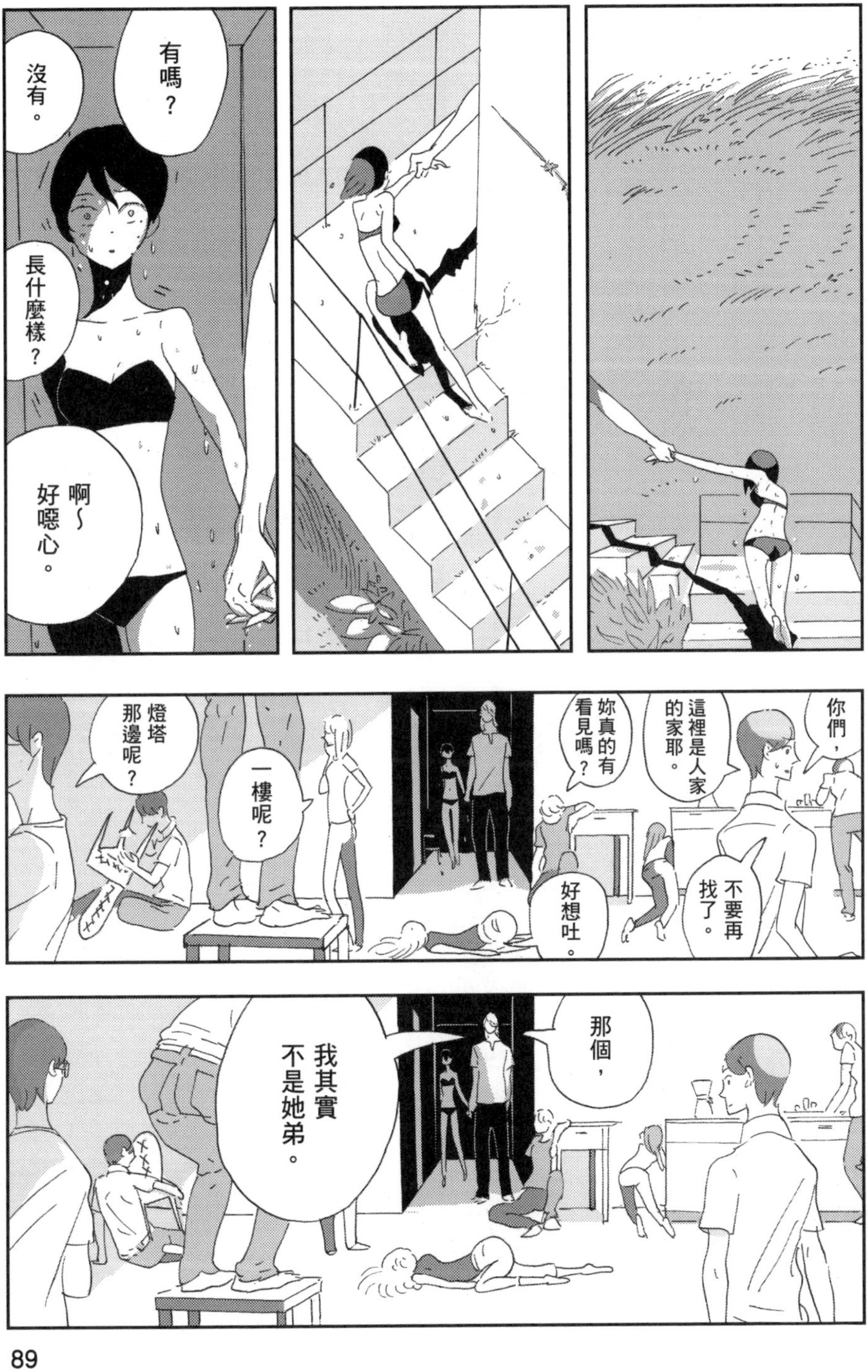

有嗎？
沒有。
長什麼樣？
啊～好噁心。
你們，
這裡是人家的家耶。
妳真的有看見嗎？
不要再找了。
好想吐。
一樓呢？
燈塔那邊呢？
那個，
我其實不是她弟。

能不能讓我們兩個好好休假呢？
好了。
大家回家吧。
你們真覺得有鬼嗎？
科學家可不行這樣聚在一起玩啊。
我們一直依賴乙女姊到現在，最後還有一項工作，
就是要讓她好好地休假啊。

他們，真的是男女朋友嗎？
不是弟弟嗎？
探究下去會沒完沒了喔。
也許兩種都是吧。
什麼？
這推測是不太好啦。
要是知道大家那麼聽話我就早點這麼說了…
乙女姊真的很受歡迎耶。

大家其實是希望她能為研究室解散做點什麼。
畢竟我不受信賴也不受歡迎。
不會啦。
妳那有點老式的生氣方式很可愛，我覺得挺好的唷。
哇。
（叭）

休完假回去上班時，
跟他們說妳撒了謊，他們會原諒妳的。
他們都是好人。
不原諒我也沒關係。

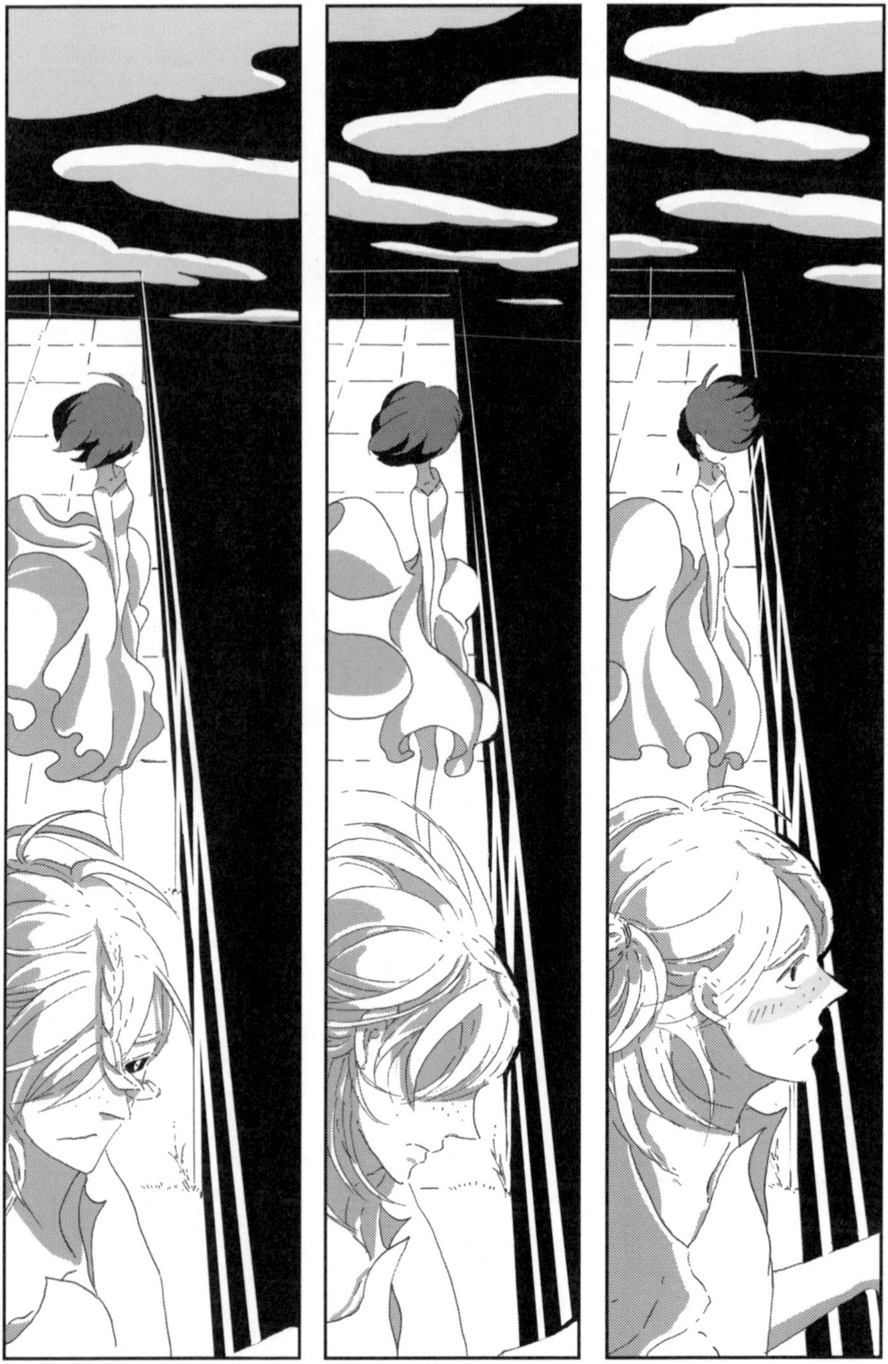

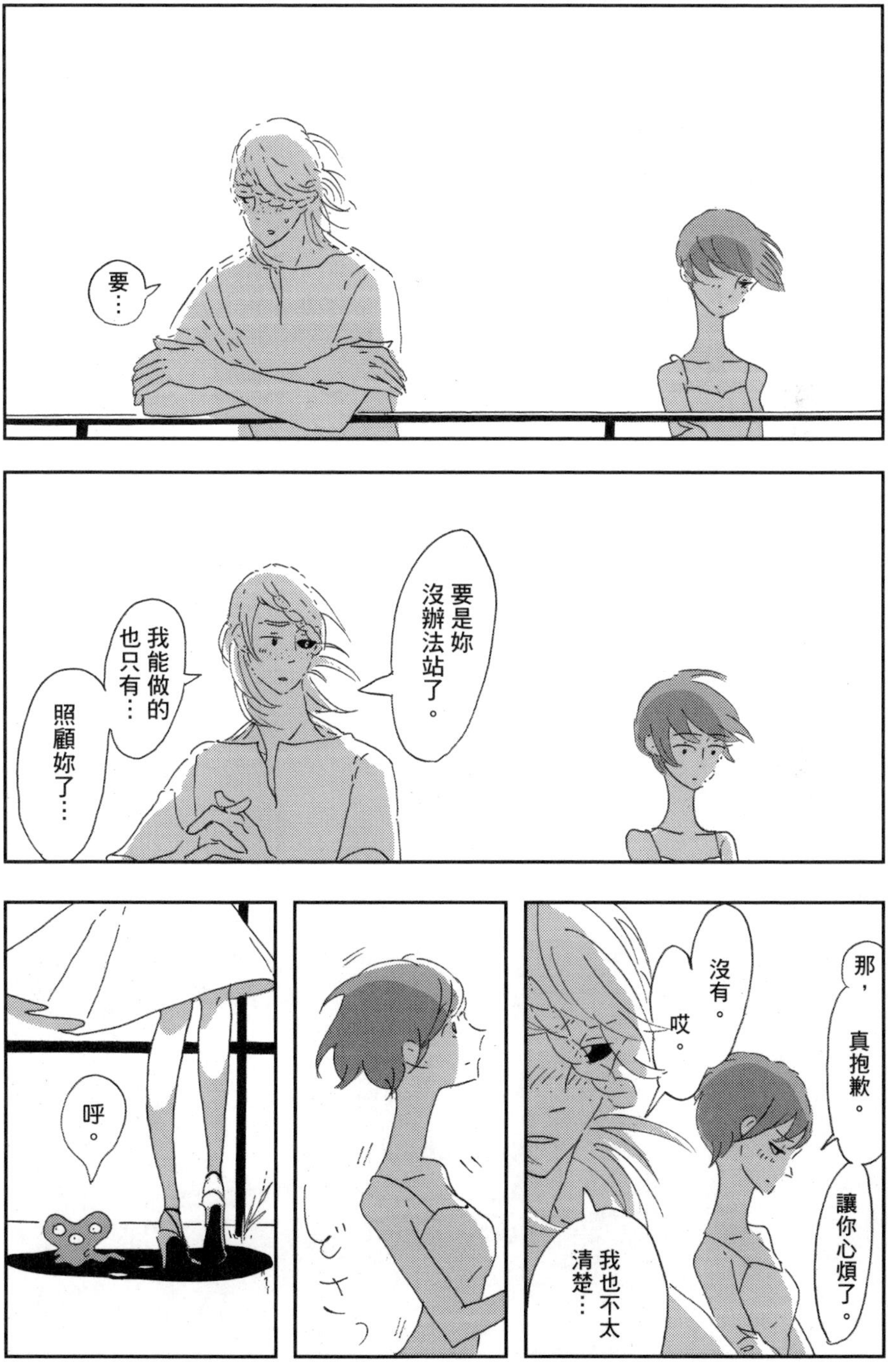
要…
要是妳沒辦法站了。
我能做的也只有…
照顧妳了…
那，真抱歉。
讓你心煩了。
沒有。
哎。
我也不太清楚…
呼。
（咚）

公主。
這件洋裝非常適合妳呢。
好像人魚。
妳希望的東西已經完成了唷。
顏色相當接近。
現在我總算可以放心地去追他們兩個了。
能道別那麼久，公主覺得很幸福吧。
那我走了。

什麼嘛。
妳站得住呀。
可以走嗎？

哎呀。
今天的浪真大…

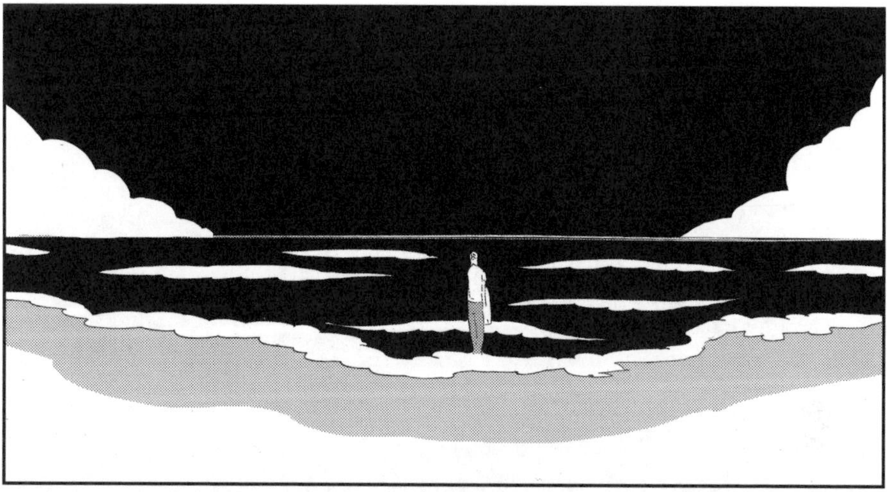

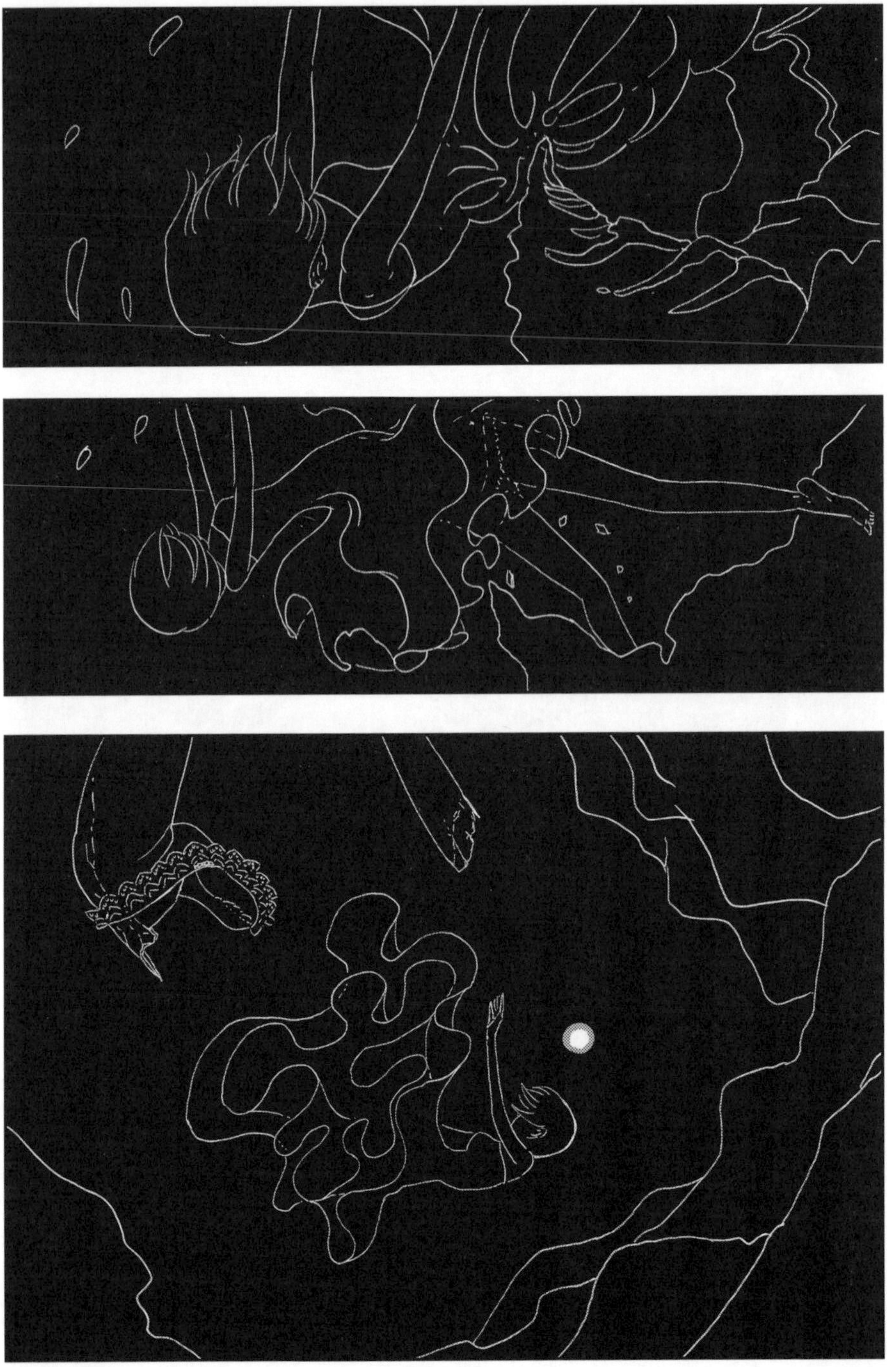

公主。

哎呀。
真快就來了。
真的呢。
我們現在剛好在練習適應大浪。
請看。
變多了對吧？這附近的海底已經有很多了。
連這種淺灘都是。
但是，公主，
妳曾說過，如果那年輕人再也不覺得妳稀有的話，
就讓海浪把妳捲走帶到海底去。
妳已經決定好了嗎？

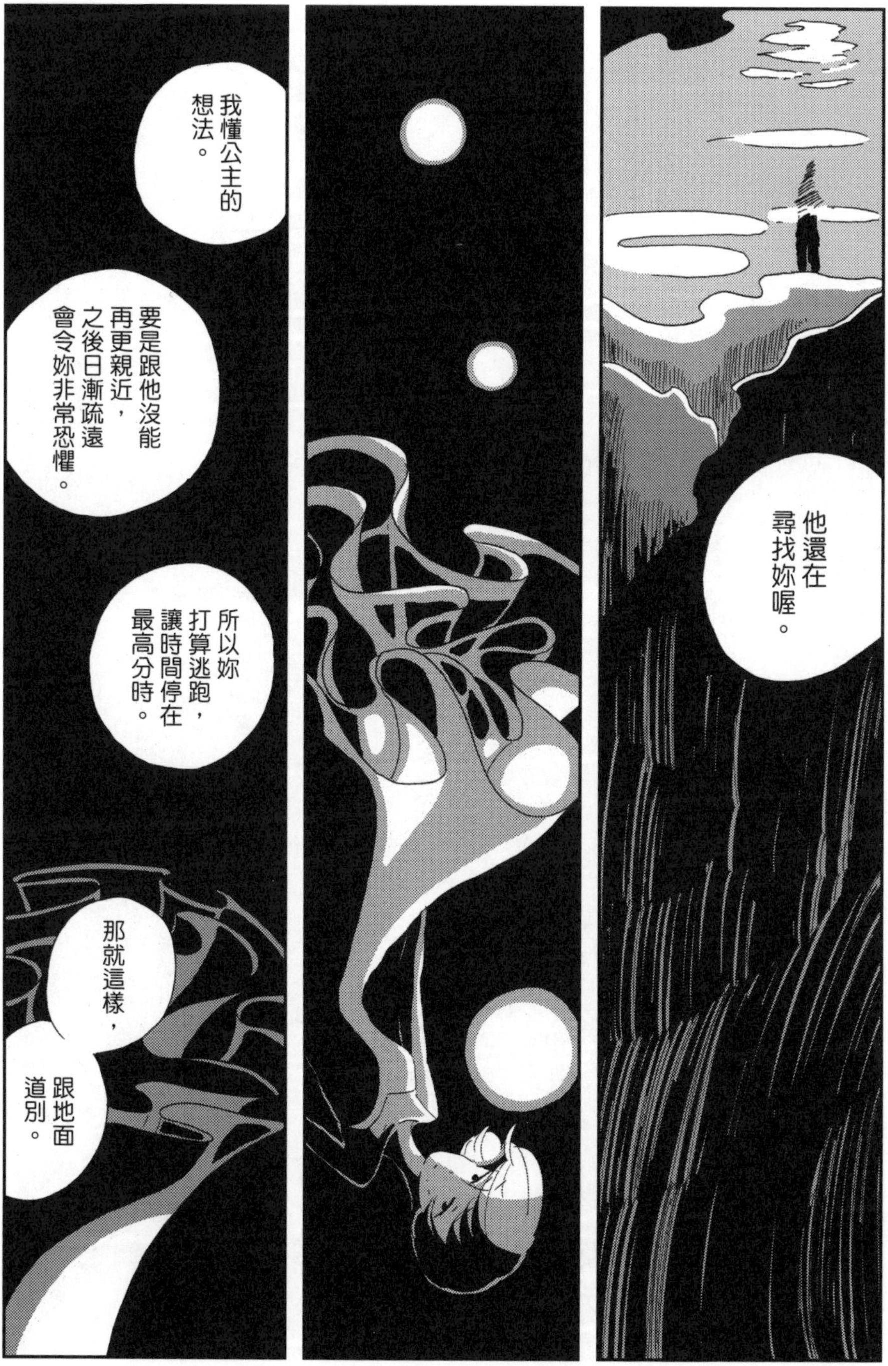
他還在尋找妳喔。
我懂公主的想法。
要是跟他沒能再更親近，之後日漸疏遠會令妳非常恐懼。
所以妳打算逃跑，讓時間停在最高分時。
那就這樣，
跟地面道別。

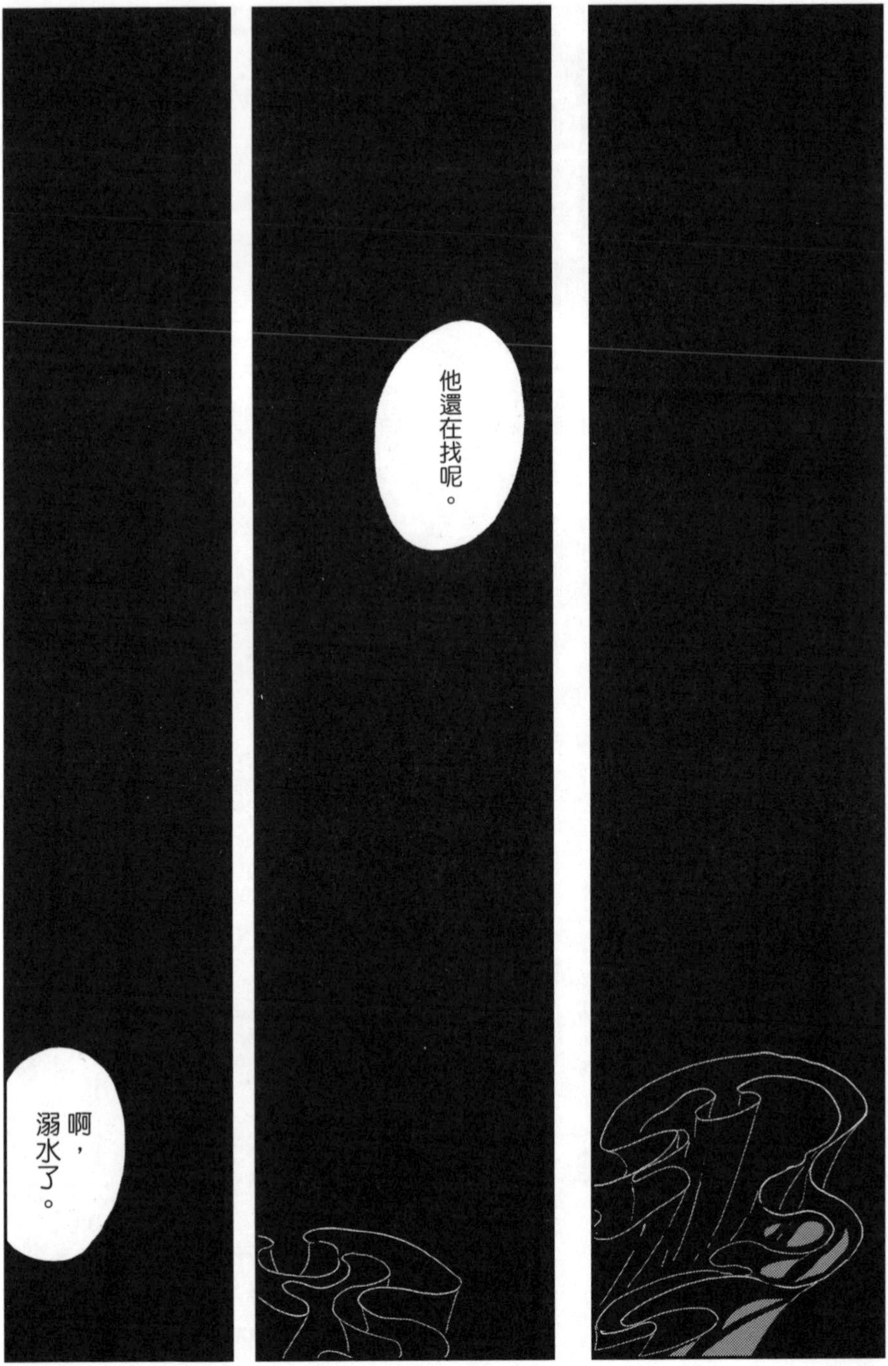
他還在找呢。
啊，溺水了。

……根本沒有溺水嘛……
啊，剛剛有點抽筋啦。
所以妳剛剛都看到了喔～
真是的，哎～
嘿喲。
好輕，比之前救的儒艮寶寶還輕耶。

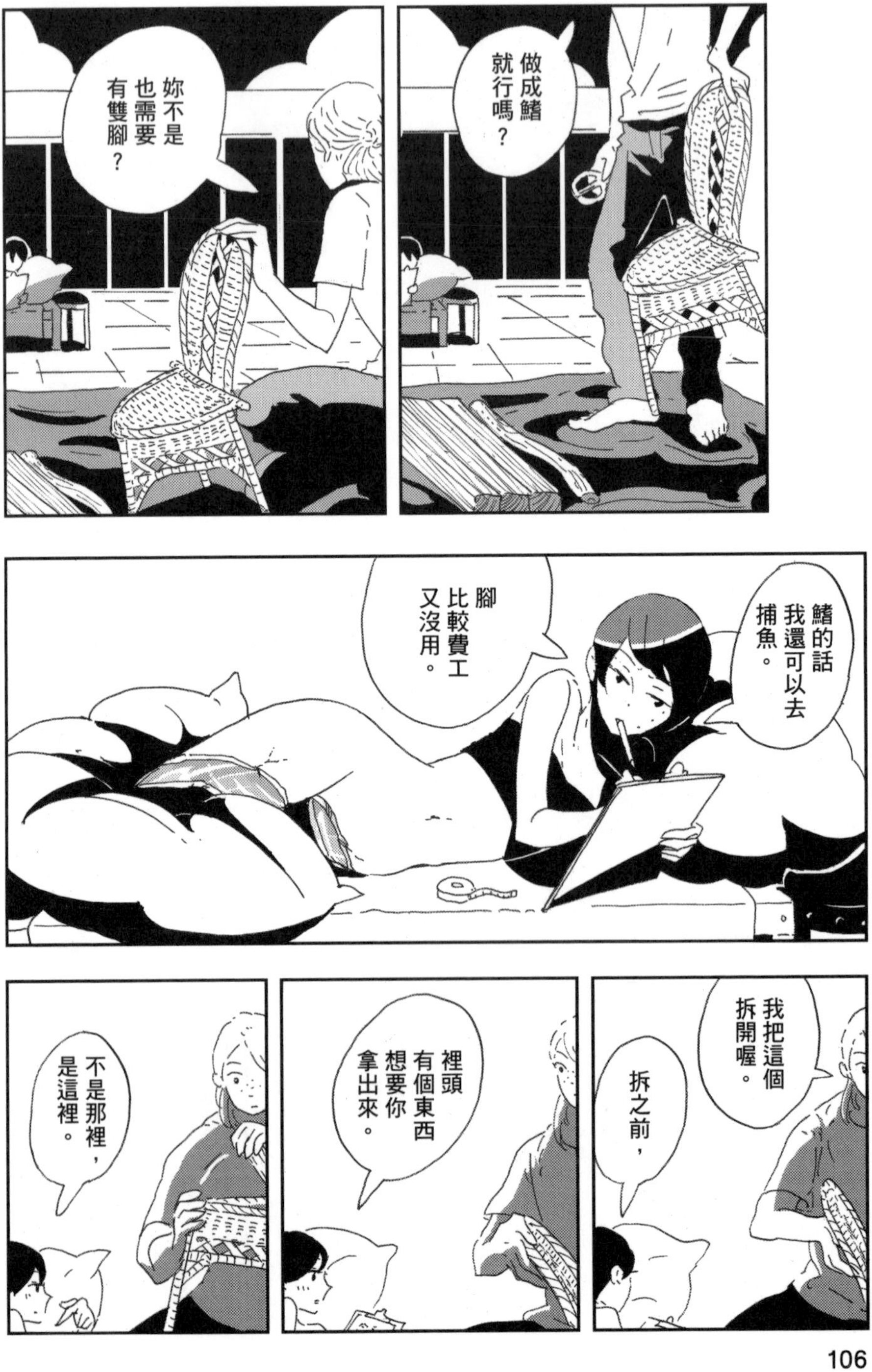
做成鰭就行嗎？
妳不是也需要有雙腳？
鰭的話我還可以去捕魚。
腳比較費工又沒用。
我把這個拆開喔。
拆之前，
裡頭有個東西想要你拿出來。
不是那裡，是這裡。

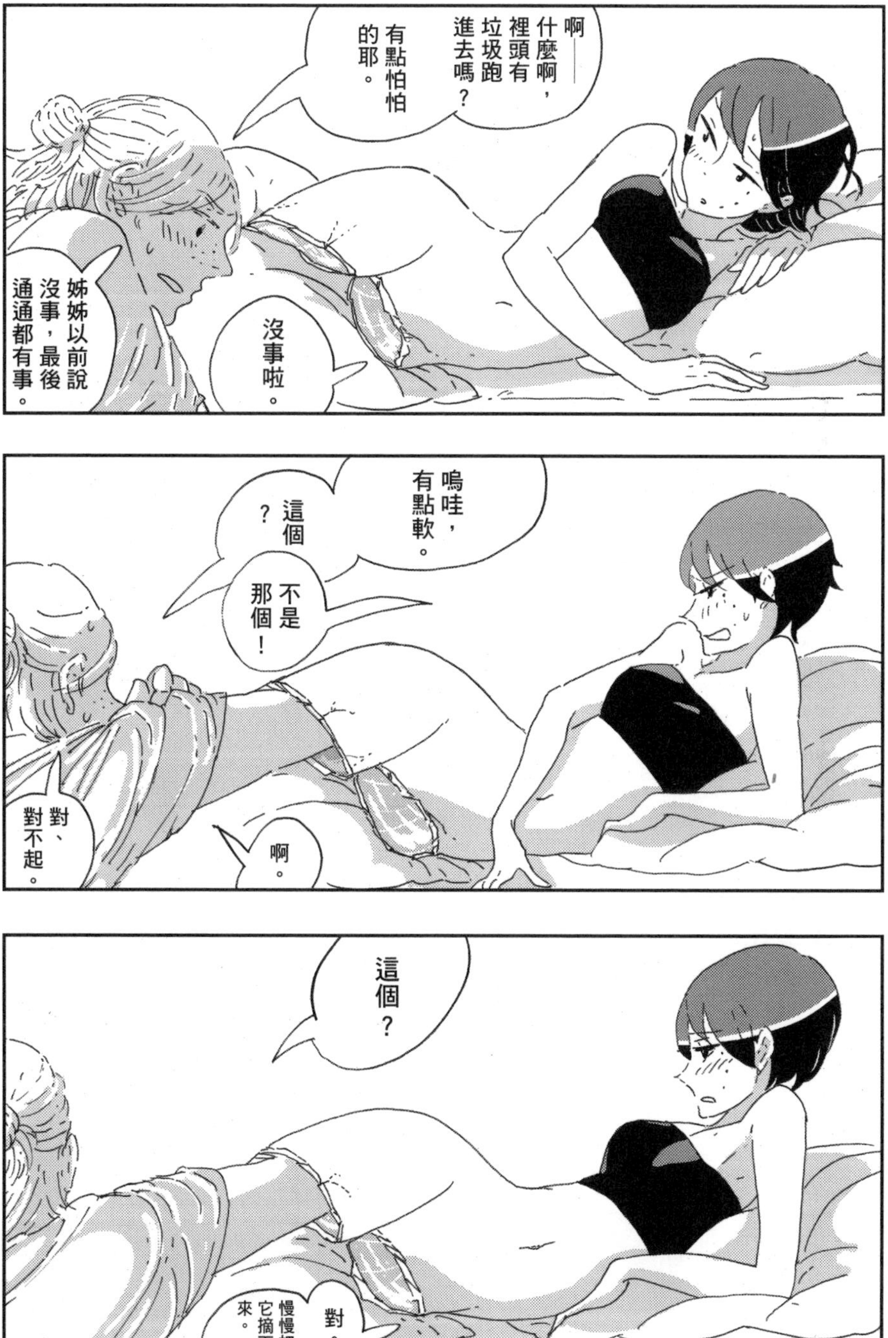
啊——什麼啊，裡頭有垃圾跑進去嗎？
有點怕怕的耶。
沒事啦。
姊姊以前說沒事，最後通通都有事。
嗚哇，有點軟。
這個？
不是那個！
啊。
對、對不起。
這個？
對。
慢慢把它摘下來。

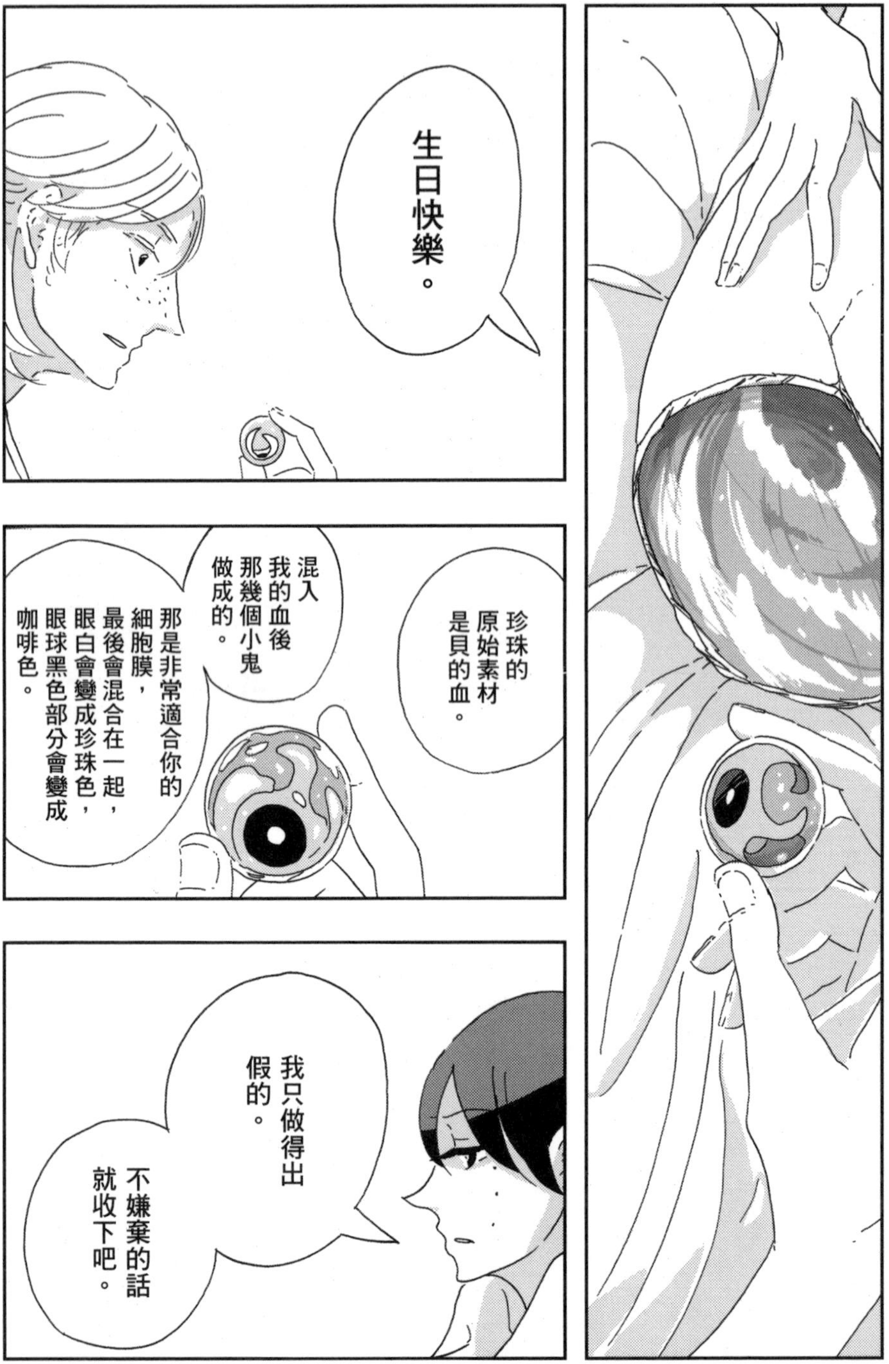
生日快樂。
珍珠的原始素材是貝的血。
混入我的血後那幾個小鬼做成的。
那是非常適合你的細胞膜，最後會混合在一起，眼白會變成珍珠色，眼球黑色部分會變成咖啡色。
我只做得出假的。
不嫌棄的話就收下吧。

不會。
嗯。
謝啦。
太厲害了，妳這天才科學家。
見識到天才的潛力了吧。
哈哈哈，妳在說什麼呀。
該不會是為了製造這個所以才讓自己變成貝殼的吧？
是順便這麼做的吧？
……這生日禮物妳花多久時間準備的？
它其實還黏得滿緊的，妳本來打算怎麼取出來呀，畢竟是偶然打破的。
偶然……
抓
抓

不是。
我以前是會在意眼睛啦。
可是妳這太扯了吧。
咻
騙人的吧。
妳這笑話是天才才懂吧。
喂！
妳的目的和後果的輕重比例不管怎麼想都有問題吧！
妳這科學家太糟糕了！
我只是效率不好而已。
什麼！居然承認了⋯
你好。

八木。
看來精神不錯唷。
你們那呢？
大家精神好得要命唷⋯⋯啊，是不能跟乙女姊比啦。
哈哈哈⋯⋯
請認真看一下。
嗯⋯怎麼辦。
什麼事？
哦，就是，
因為推測這裡海平面上升和常夏的異常氣候是海底的不明智能生物異常增生所導致，於是請求所有的深海研究組織參與。
我們對這片複雜的海域又特別瞭解，根本沒有空睡覺。
真想去公司呀。
就是啊。
真可惜，真希望能讓妳看看，研究室就好像沒有解散一樣。
生活過得很辛苦，還會有極大的損害，研究室卻重生了，真是奇怪。
對不起⋯⋯
不要這樣啦，又不是甲太郎造成的。

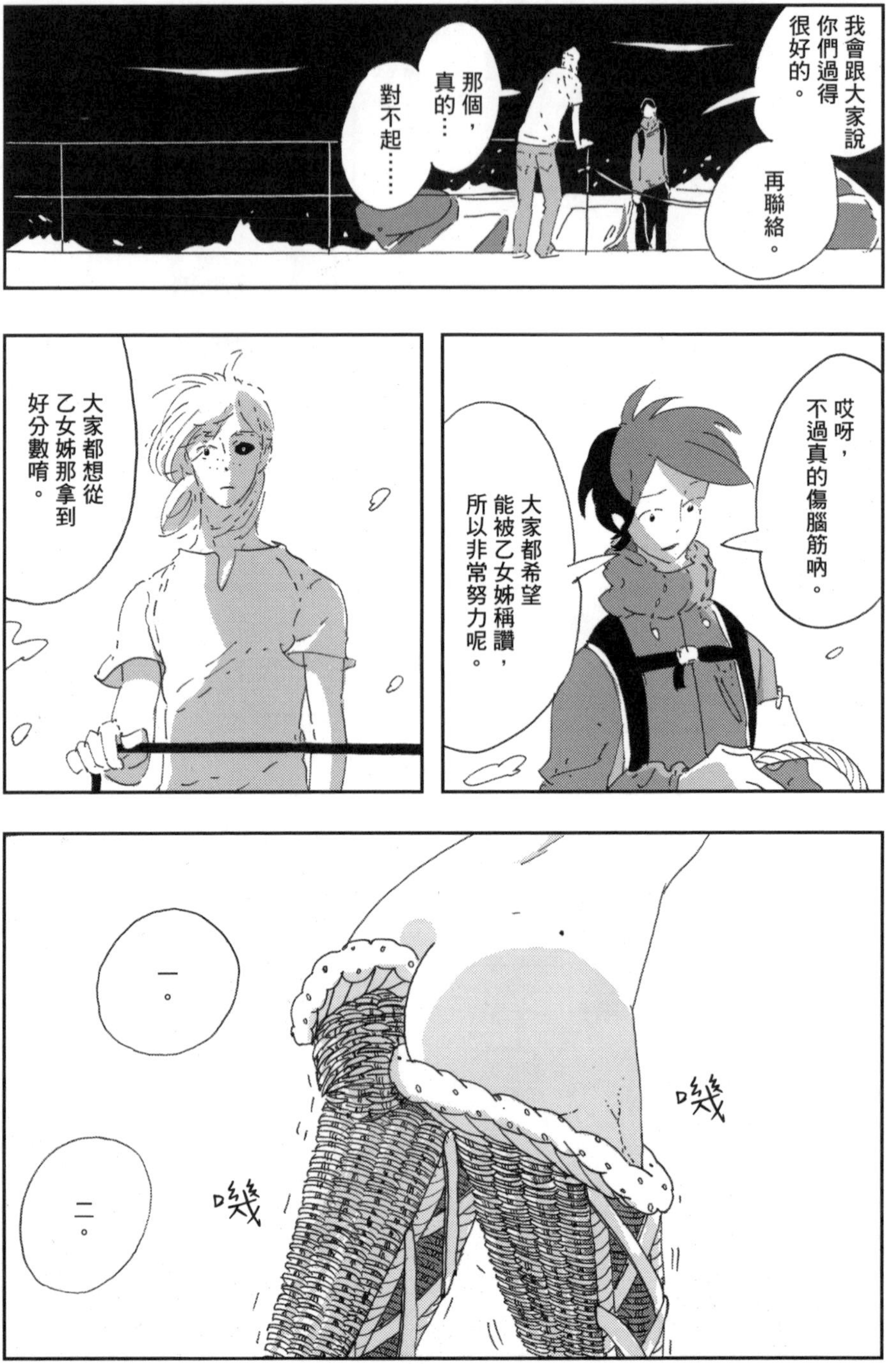
我會跟大家說你們過得很好的。
再聯絡。
那個，真的……
對不起……
哎呀，不過真的傷腦筋吶。
大家都希望能被乙女姊稱讚，所以非常努力呢。
大家都想從乙女姊那拿到好分數唷。
一。
嘰
二。
嘰

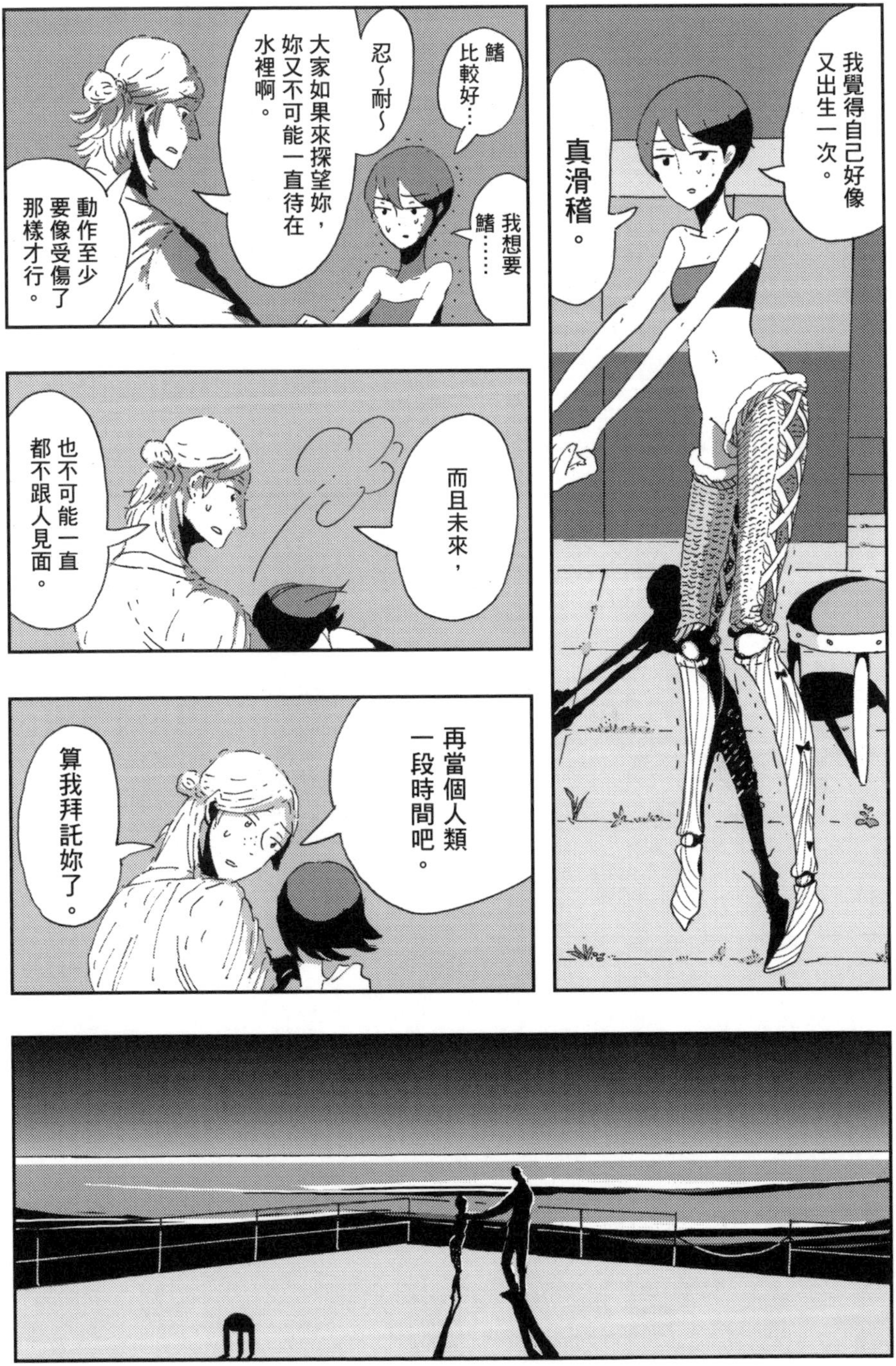
我覺得自己好像又出生一次。
真滑稽。
我想要鰭……
鰭比較好……
忍～耐～
大家如果來探望妳，妳又不可能一直待在水裡啊。
動作至少要像受傷了那樣才行。
而且未來，
也不可能一直都不跟人見面。
再當個人類一段時間吧。
算我拜託妳了。

其實啊。
我從貝那裡聽到了小祕密。
說妳一直很在意自己看我從樹上掉下來後的模樣看到恍神，因為太稀奇了。
對不起。

零分。

當時能幫你的只有我而已。
所以我太開心了，
想說要是能永遠停在這一刻就好，我很笨吧。
所以，

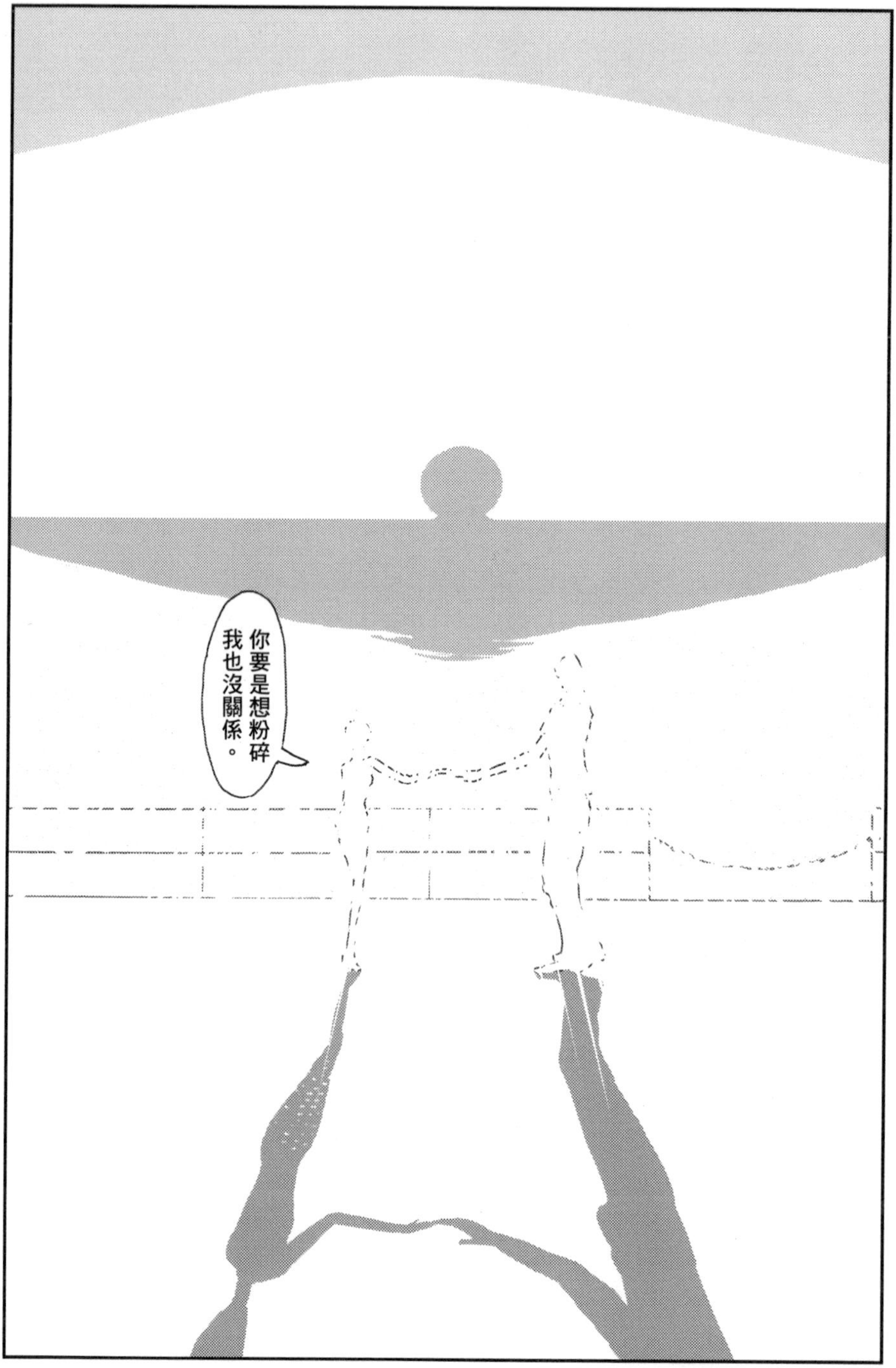

〔25 點的休假〔後篇〕〕　終

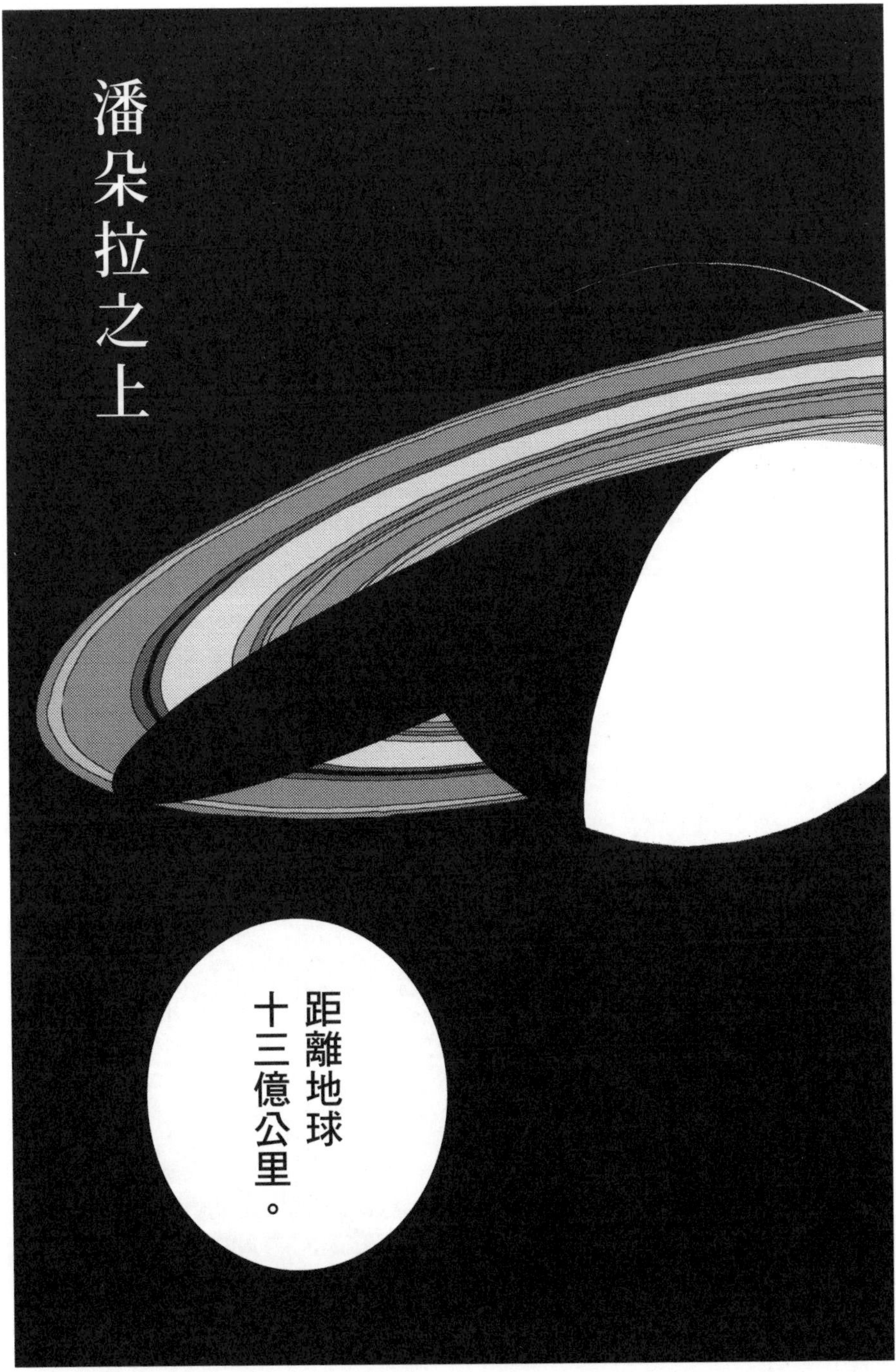
潘朵拉之上
距離地球十三億公里。

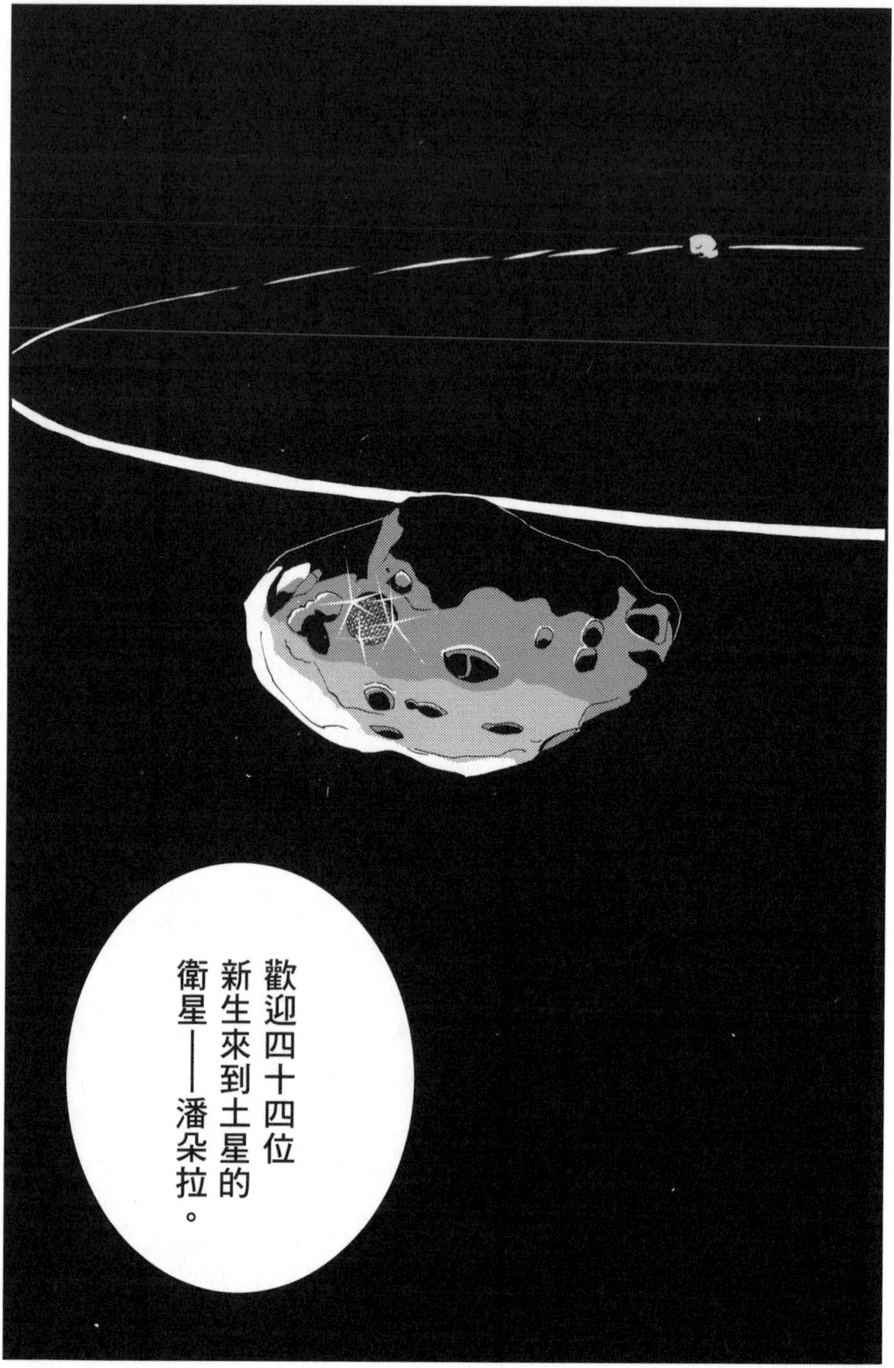
歡迎四十四位新生來到土星的衛星——潘朵拉。

這間
哈耶瑪托·潘朵拉女學院
是現在最遠的校舍，
是發掘
土星圈生物的
重要據點。

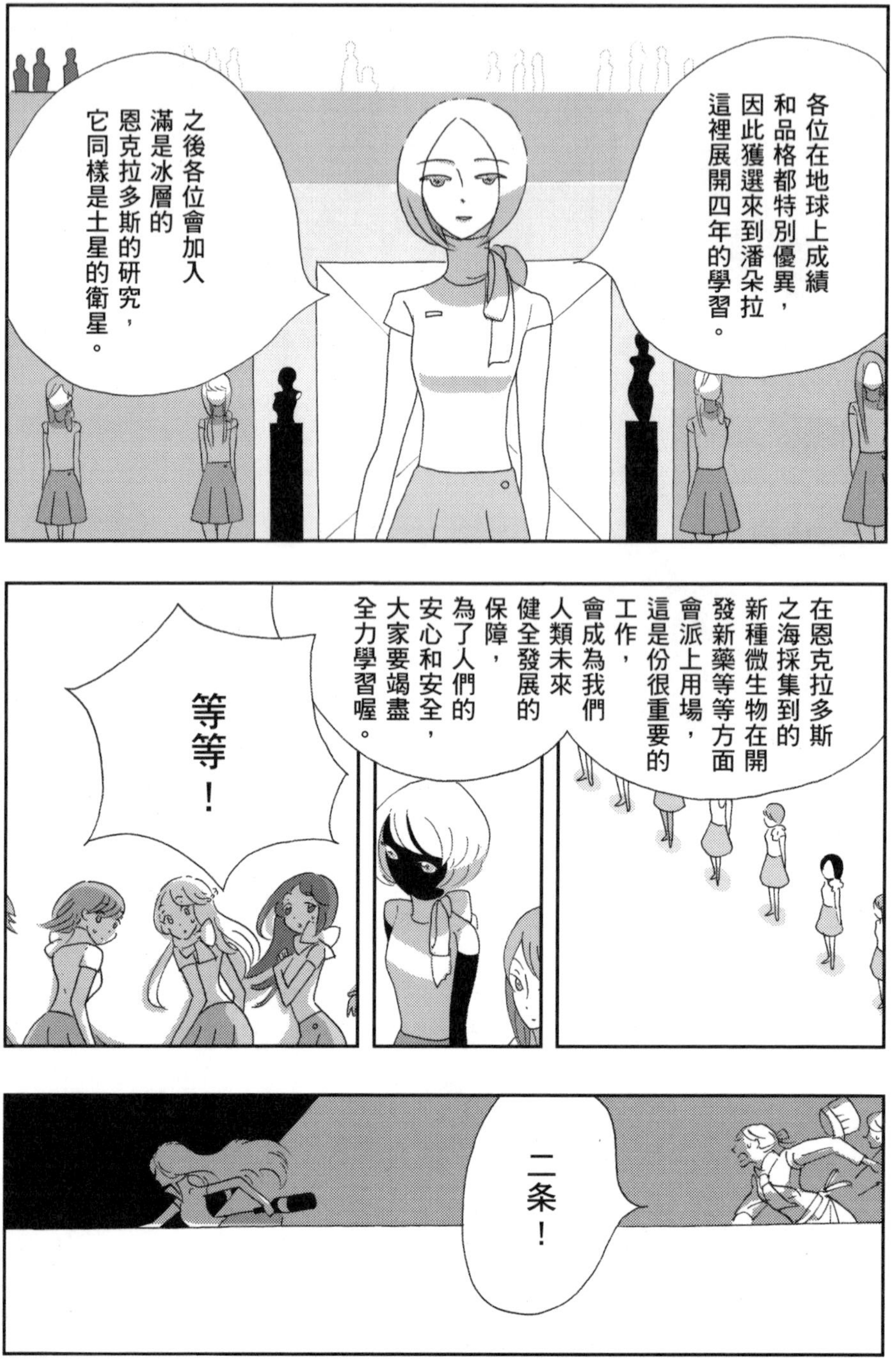
各位在地球上成績和品格都特別優異，因此獲選來到潘朵拉這裡展開四年的學習。
之後各位會加入滿是冰層的恩克拉多斯的研究，它同樣是土星的衛星。
在恩克拉多斯之海採集到的新種微生物在開發新藥等等方面會派上用場，這是份很重要的工作，會成為我們人類未來健全發展的保障，為了人們的安心和安全，大家要竭盡全力學習喔。
等等！
二条！

（哇——）

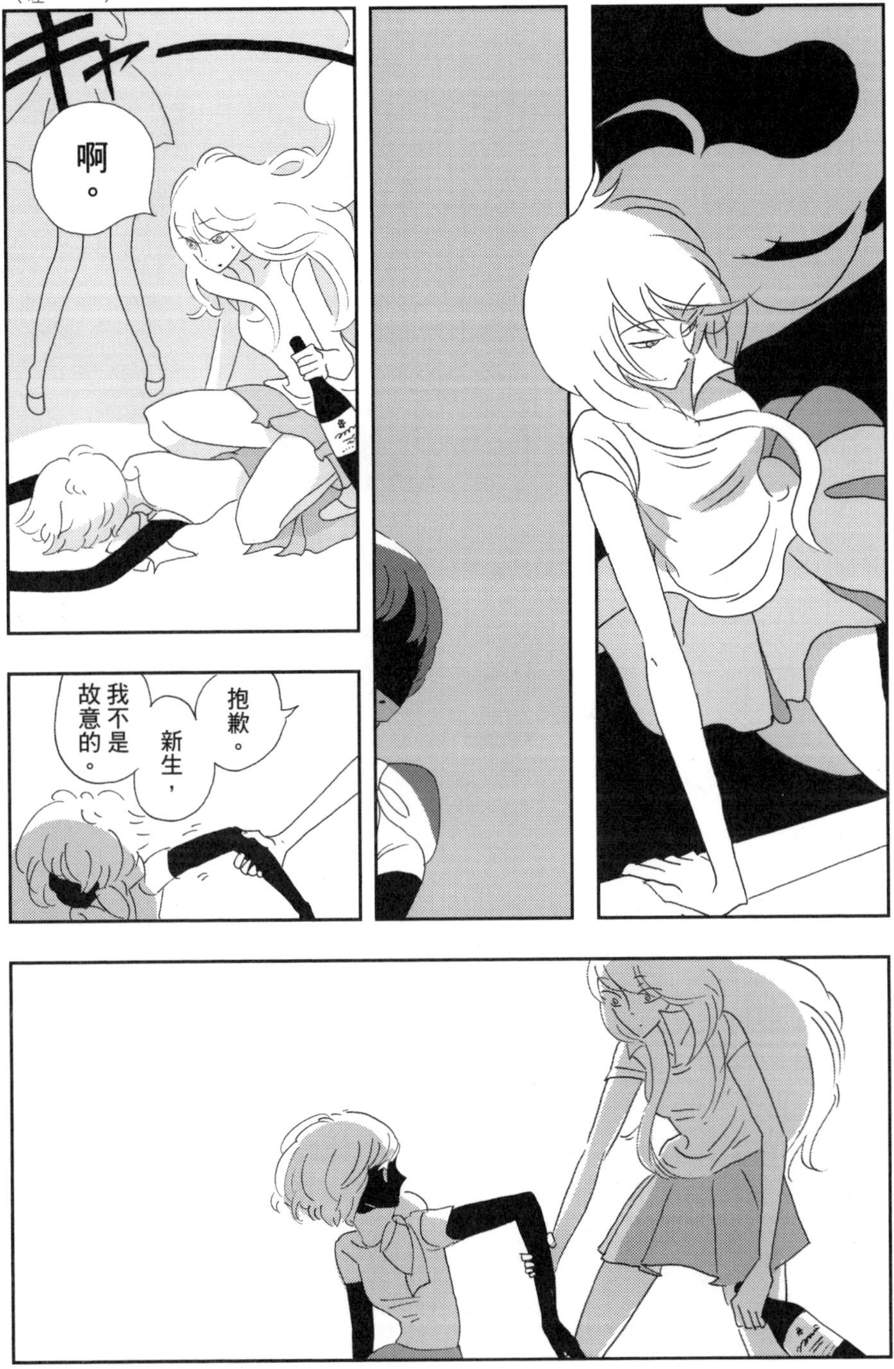

歡迎來到，
潘朵拉。
二条，
把酒還來！
在她逃到別館前
逮住她！
快！
沒事吧？
學生會
也來幫忙！
啪

咚隆
喔——
真行啊。
理事長的祕寶。
三百年的紅酒。
八分三十三秒。
時間也很不錯。
所以？
那是下酒菜嗎？

該不會…
該不會都沒注意到吧？
討厭啦，還是新生耶，手腳太快了吧。
好會釣人喔～
我沒有！
哎呀——奈奈妳真的很壞耶。
居然連新生的心都偷了——
就說不～是～了～
不過說正經的，這裡是怠惰組待的地方。

趕快回去吧。
是呀～人家說這間學校真正的目的是要確保土星圈的研究人員都有新娘。
妳要是沒什麼問題的話就能跟菁英結婚，很幸福的唷。
不過理科男都很單純又陰沉呢……
是說，
妳怎麼進來這裡的？沒有註冊的話應該進不來才對啊……
什麼。
居然！
咚
咚
咚
她用了緊急開關用的節奏和弦密碼…？
碎念碎念
哎唷妳到底在幹嘛——
怎麼辦，奈奈？
那個孩子…
不知道。
太扯了，我設定的歌明明很冷門啊…！
居然回不知道。
喂——怎麼這樣。
真是沒辦法——
那妳要是真想待在這，得去幫忙找配這紅酒的下酒菜唷。

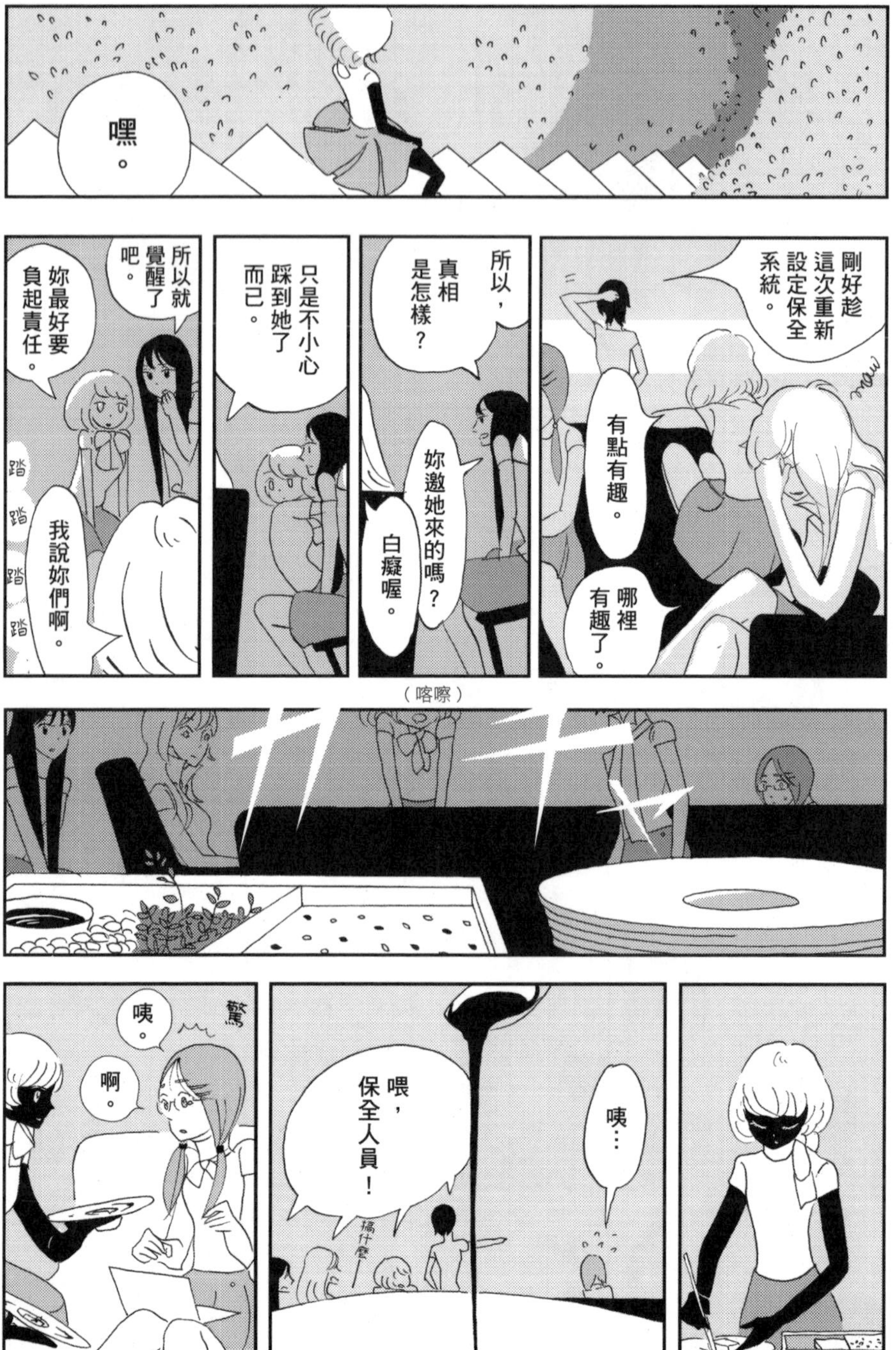
嘿。
剛好趁這次重新設定保全系統。
有點有趣。
哪裡有趣了。
所以，真相是怎樣？
妳邀她來的嗎？
白癡喔。
只是不小心踩到她了而已。
所以就覺醒了吧。
妳最好要負起責任。
我說妳們啊。
踏踏踏踏
（喀嚓）
咦…
喂，保全人員！
搞什麼！
驚
咦。
啊。

怎麼辦啊。
那個孩子。
英可妳覺得可能讓她待著？
又沒有差。
我反對——
不覺得她乖到令人害怕嗎？
今天早上回到下面的宿舍時，我自傲的保全系統再次被攻破了。
她希望奈奈喜歡她吧。
這樣的話普達妳呢？
連老師都沒有進來過耶。
而且普達那麼聰明。
那孩子是什麼人物啊？

對了那個孩子為什麼完全都不講話啊？
因為她是啞巴。
哦？是喔？
奈奈說的。
奈奈為什麼會知道？
嗯？

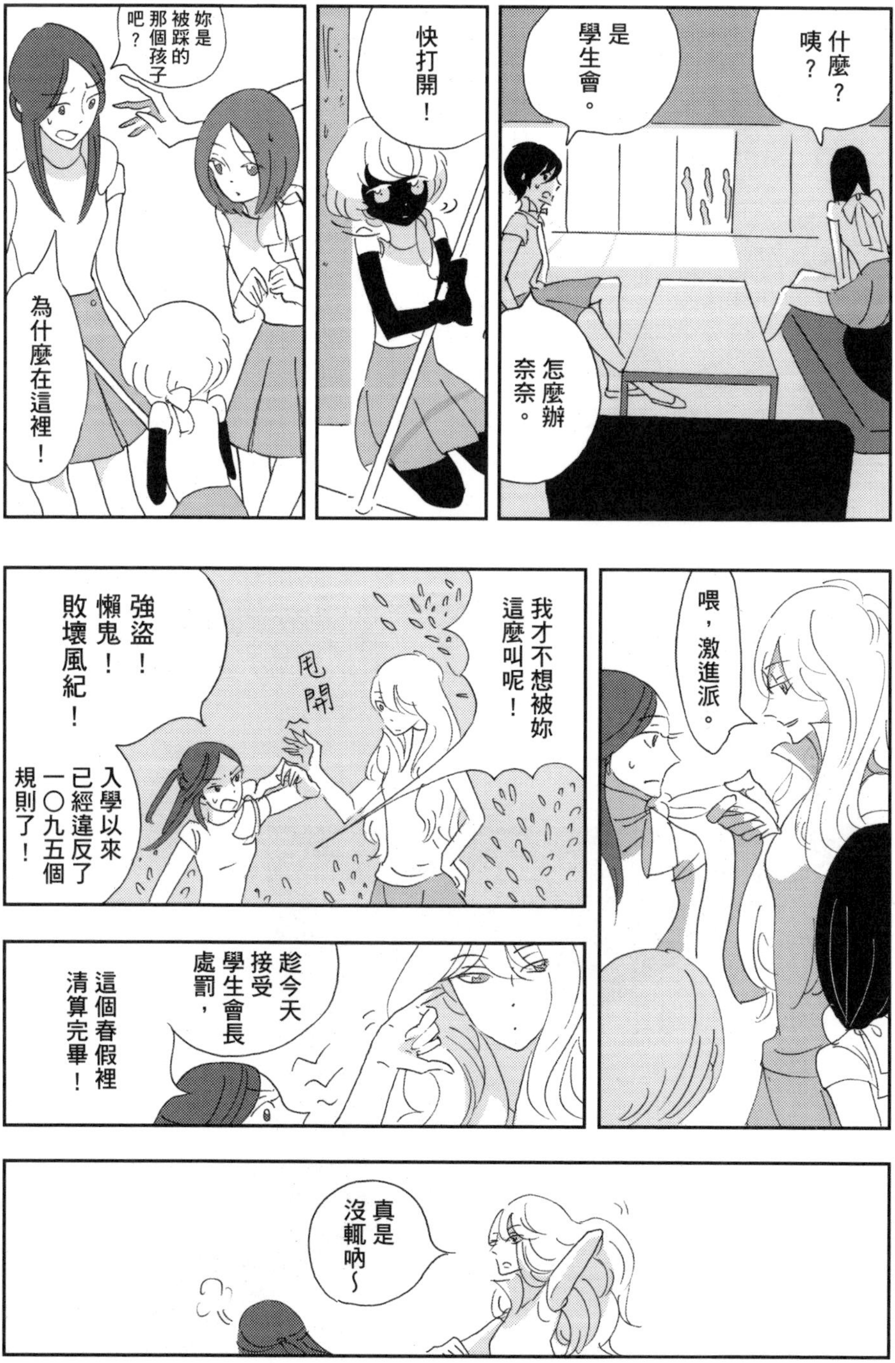
什麼？咦？
是學生會。
怎麼辦奈奈。
快打開！
妳是被踩的那個孩子吧？
為什麼在這裡！
喂，激進派。
我才不想被妳這麼叫呢！
甩開
強盜！懶鬼！敗壞風紀！
入學以來已經違反了一〇九五個規則了！
趁今天接受學生會長處罰，
這個春假裡清算完畢！
真是沒輒吶～

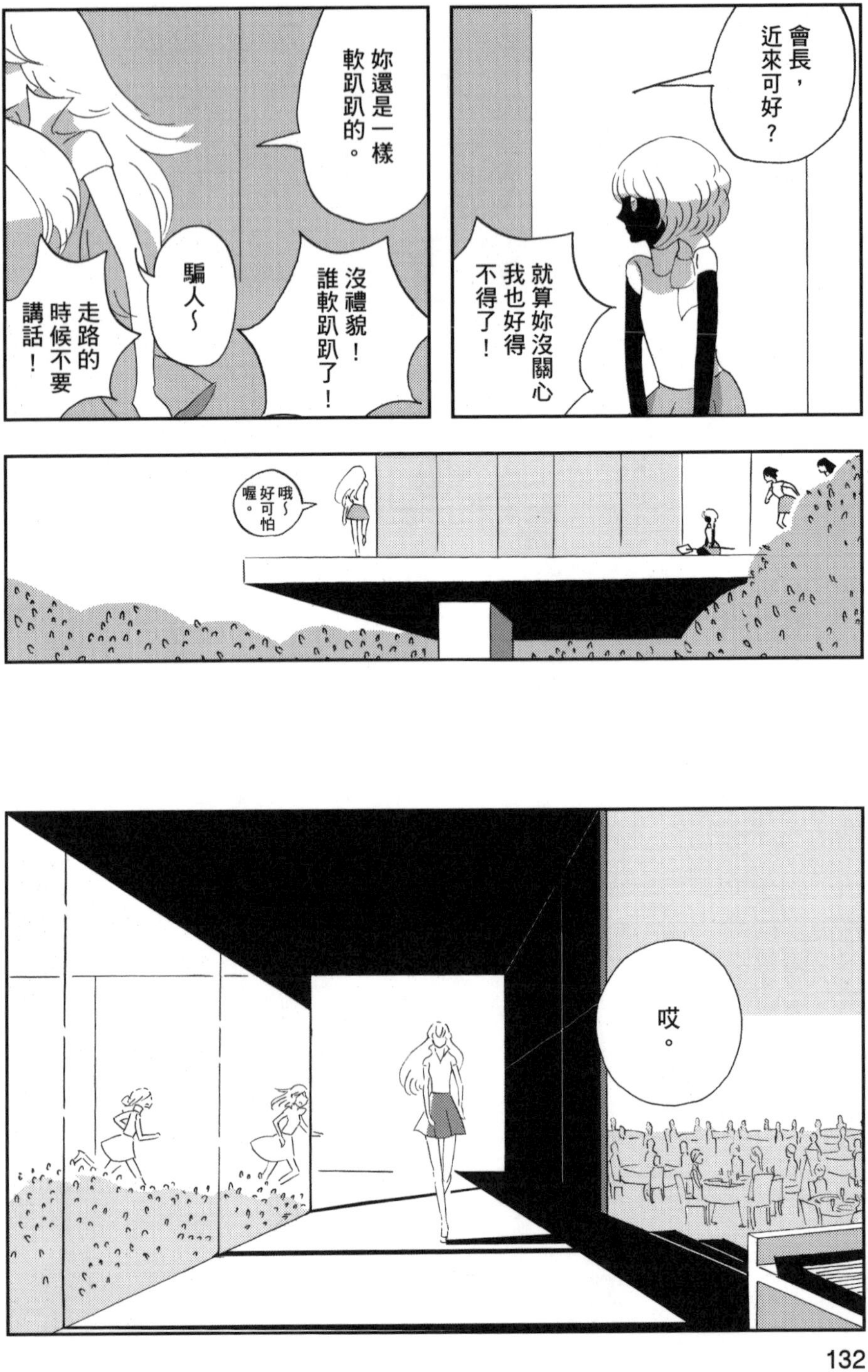
會長，近來可好？
就算妳沒關心我也好得不得了！
妳還是一樣軟趴趴的。
沒禮貌！誰軟趴趴了！
騙人～
走路的時候不要講話！
哦～好可怕喔。
哎。

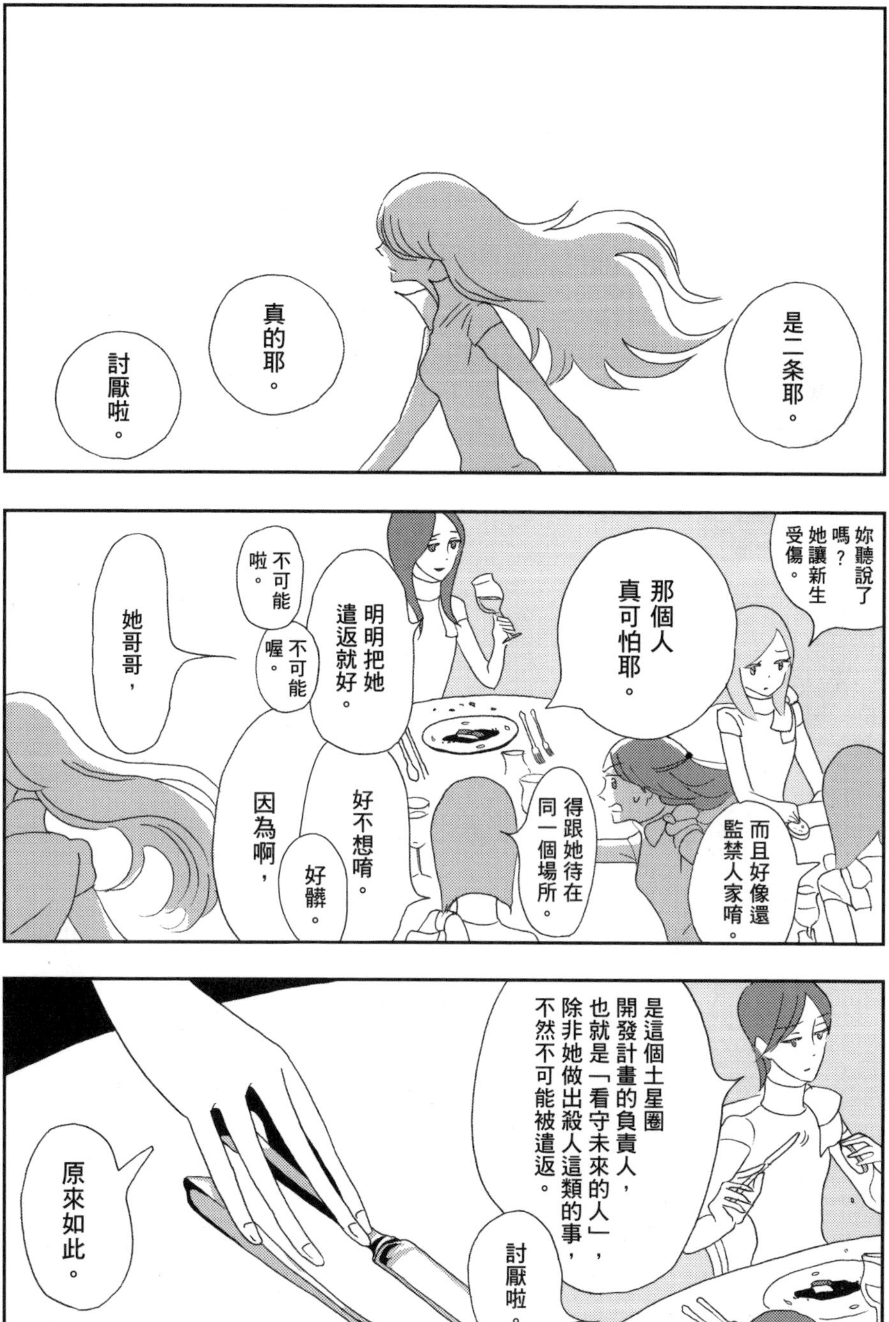
是二条耶。
真的耶。
討厭啦。
妳聽說了嗎？她讓新生受傷。
那個人真可怕耶。
而且好像還監禁人家唷。
得跟她待在同一個場所。
明明把她遣返就好。
不可能啦。
不可能喔。
好不想唷。
好髒。
她哥哥，
因為啊，
是這個土星圈開發計畫的負責人，也就是「看守未來的人」，除非她做出殺人這類的事，不然不可能被遣返。
討厭啦。
原來如此。

那我來試試看。

（喀唧）

擦擦
等一下！
二条！
妳沒事吧？
キュポ
（打開）
噠
噠
噠
副
副會長。
驚

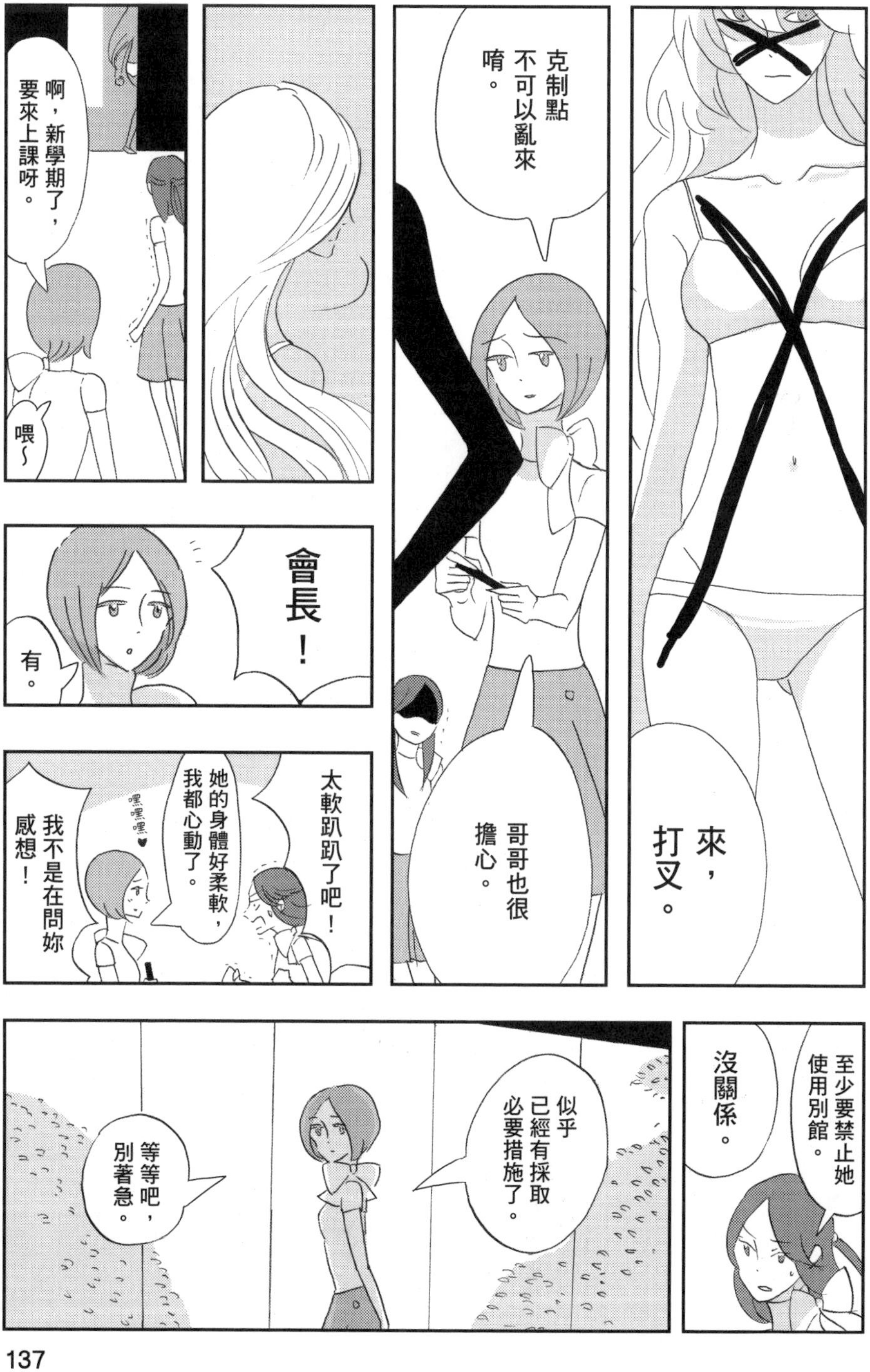
來，打叉。
克制點不可以亂來唷。
哥哥也很擔心。
啊，新學期了，要來上課呀。
喂～
會長！
有。
太軟趴趴了吧！
她的身體好柔軟，我都心動了。
嘿嘿嘿♥
我不是在問妳感想！
至少要禁止她使用別館。
沒關係。
似乎已經有採取必要措施了。
等等吧，別著急。

在說什麼啊。
那是會長的雙關語。
那傢伙呢？
回去別館了。
嗯。
是不是？
有點帥氣對吧？
不覺得怪怪的嗎？
不是！我是說那孩子！她不該在的！
她不在的話奈奈也不會做那種事。
但已經沒辦法，她代替普逵當起別館的管理員了。
話是這麼說啦，
把那裡弄得那麼亂的是米烏嘉呀！其實我早就覺得很討厭了。
說真的，
掃地、洗衣還有煮飯。
對啊對啊。
那孩子來了以後環境變得很舒服。

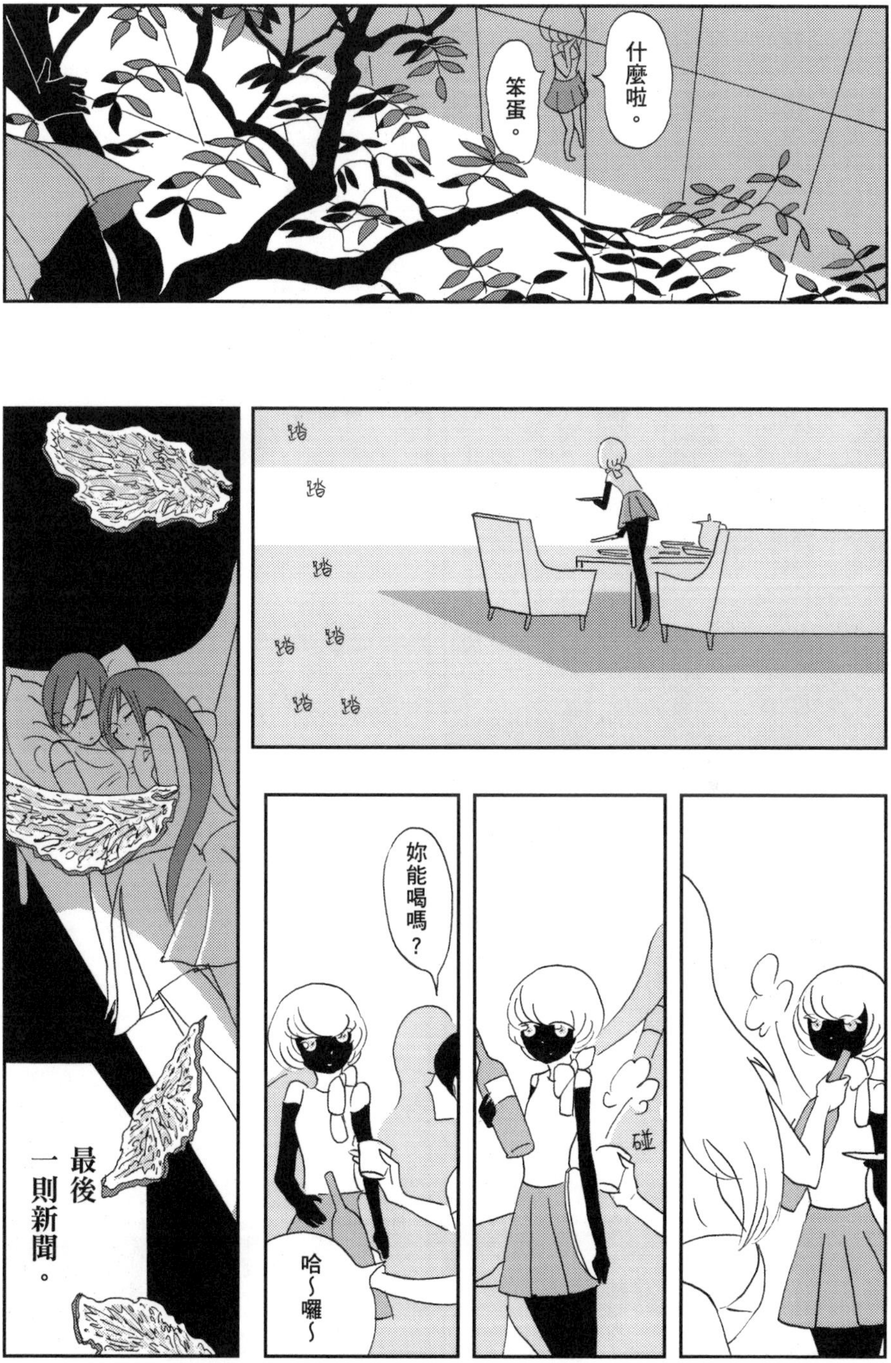
什麼啦。
笨蛋。
踏
踏
踏
踏
踏
踏
踏
最後一則新聞。
碰
妳能喝嗎？
哈～囉～

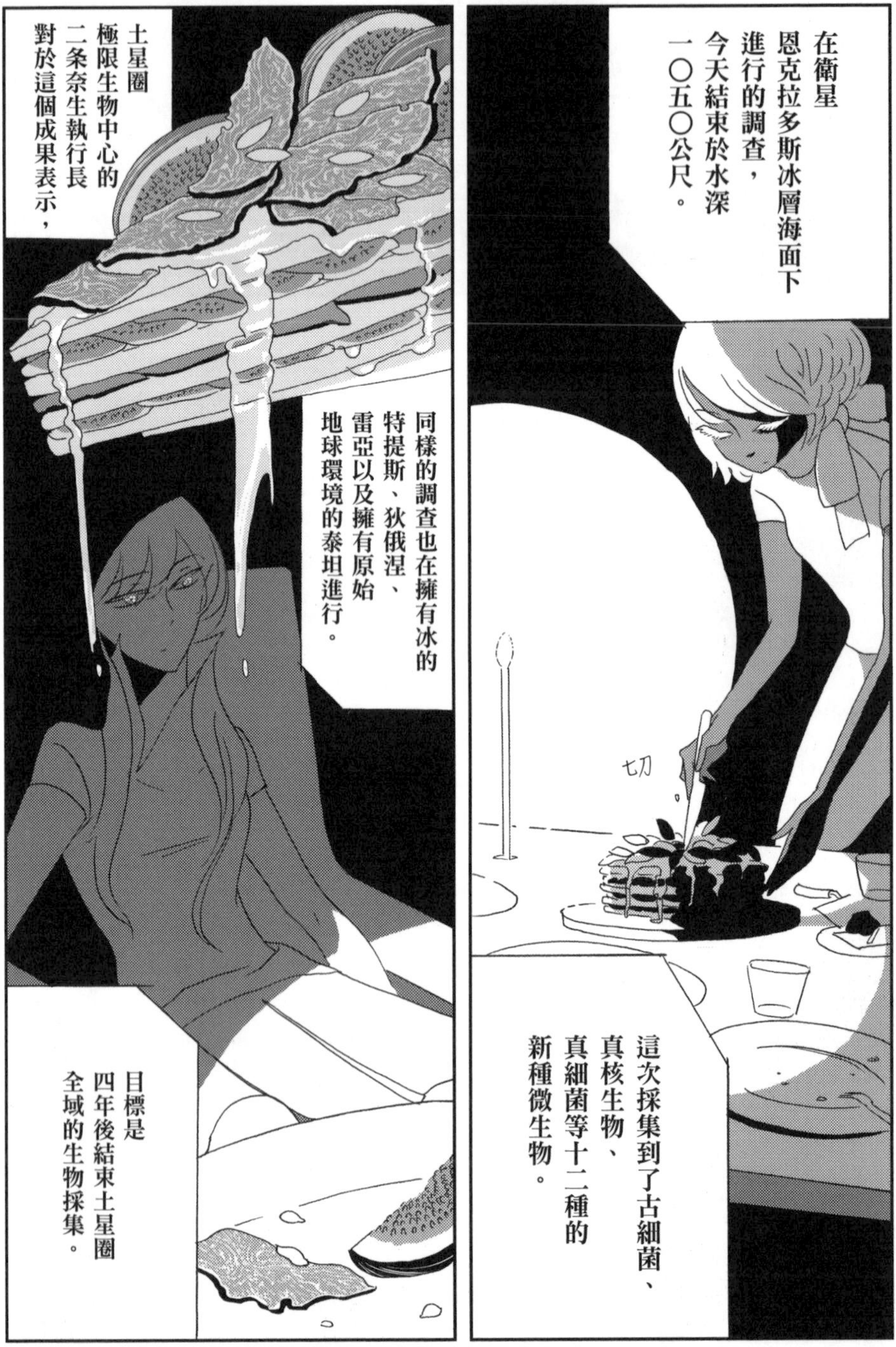
在衛星
恩克拉多斯冰層海面下
進行的調查，
今天結束於水深
一〇五〇公尺。
切
這次採集到了古細菌、
真核生物、
真細菌等十二種的
新種微生物。
土星圈
極限生物中心的
二条奈生執行長
對於這個成果表示，
同樣的調查也在擁有冰的
特提斯、狄俄涅、
雷亞以及擁有原始
地球環境的泰坦進行。
目標是
四年後結束土星圈
全域的生物採集。

接下來是明天天氣，潘朵拉E地區預計七點會開始降雨。
露露。
白天時，對不起。
我啊，跟哥哥感情很差。
所以才會那樣。
哥哥他為了預防未來所有的疾病，
把各種對開發新藥派得上用場的微生物，一個一個全都抓了回來，因此被稱為「看守未來的人」。

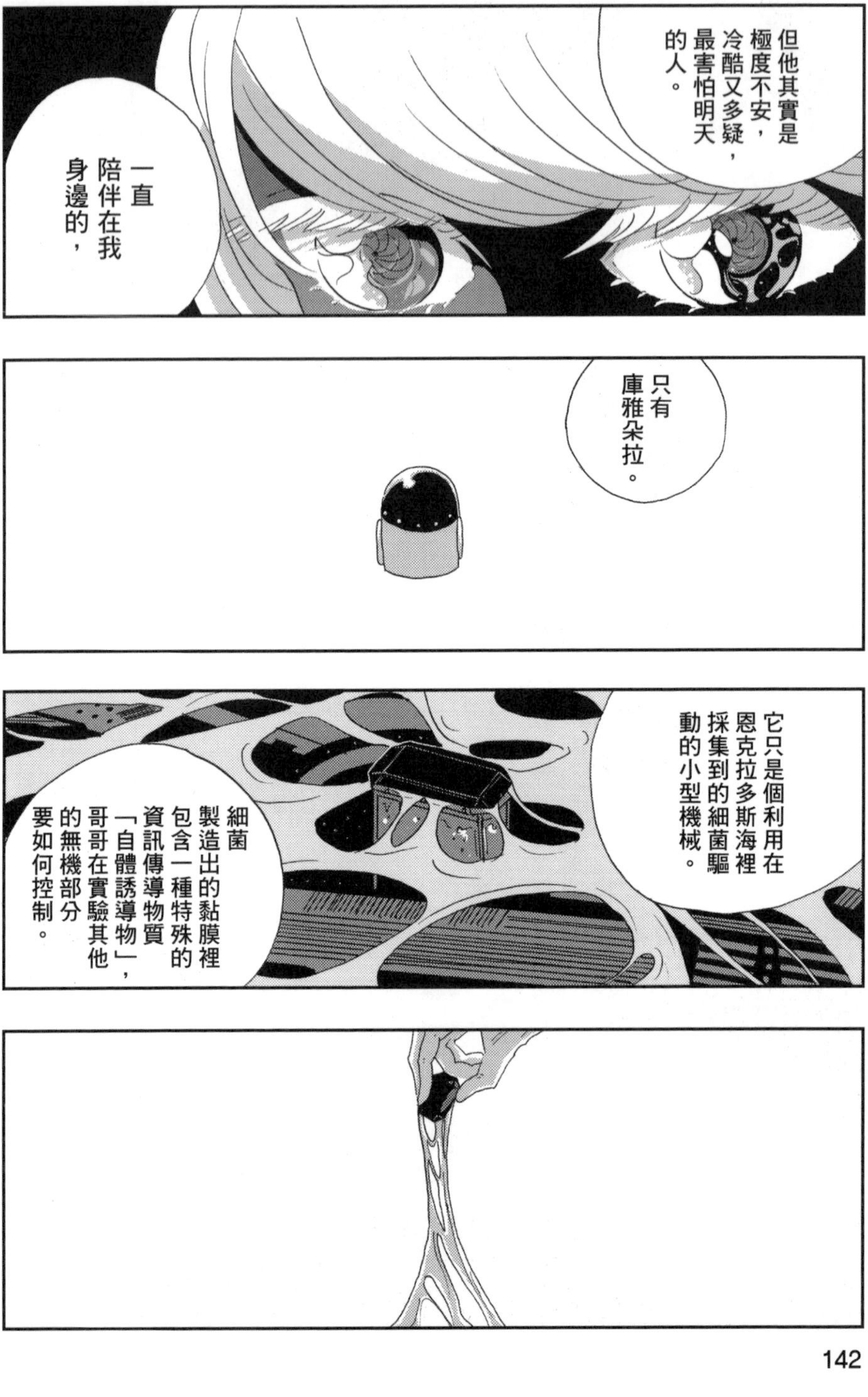
但他其實是極度不安，冷酷又多疑，最害怕明天的人。
一直陪伴在我身邊的，
只有庫雅朵拉。
它只是個利用在恩克拉多斯海裡採集到的細菌驅動的小型機械。
細菌製造出的黏膜裡包含一種特殊的資訊傳導物質「自體誘導物」，哥哥在實驗其他的無機部分要如何控制。

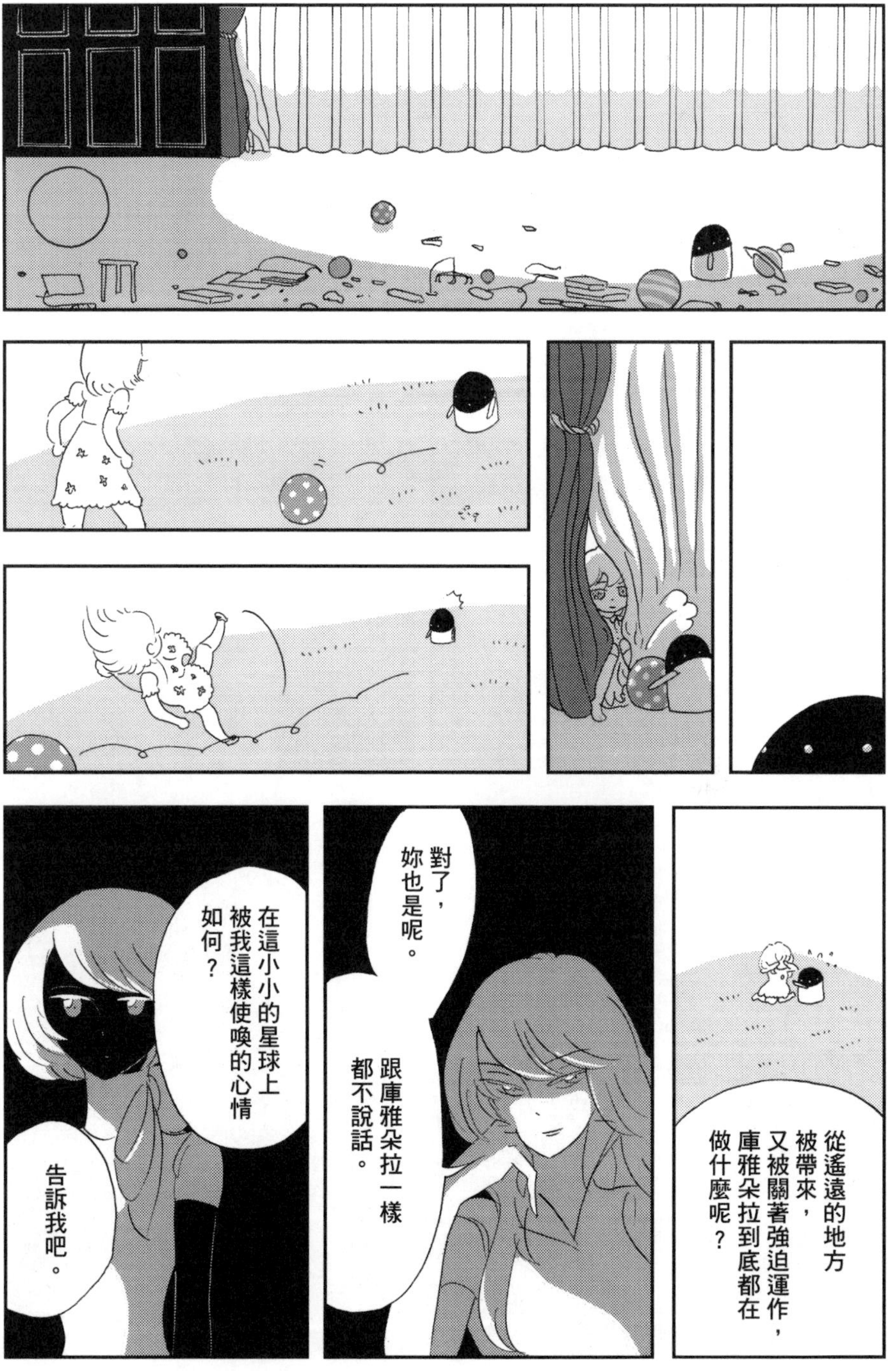
從遙遠的地方被帶來，又被關著強迫運作，庫雅朵拉到底都在做什麼呢？
對了，妳也是呢。
跟庫雅朵拉一樣都不說話。
在這小小的星球上被我這樣使喚的心情如何？
告訴我吧。

那什麼意思啊。
妳在想什麼？
明明是被關在這裡的人，笑什麼。

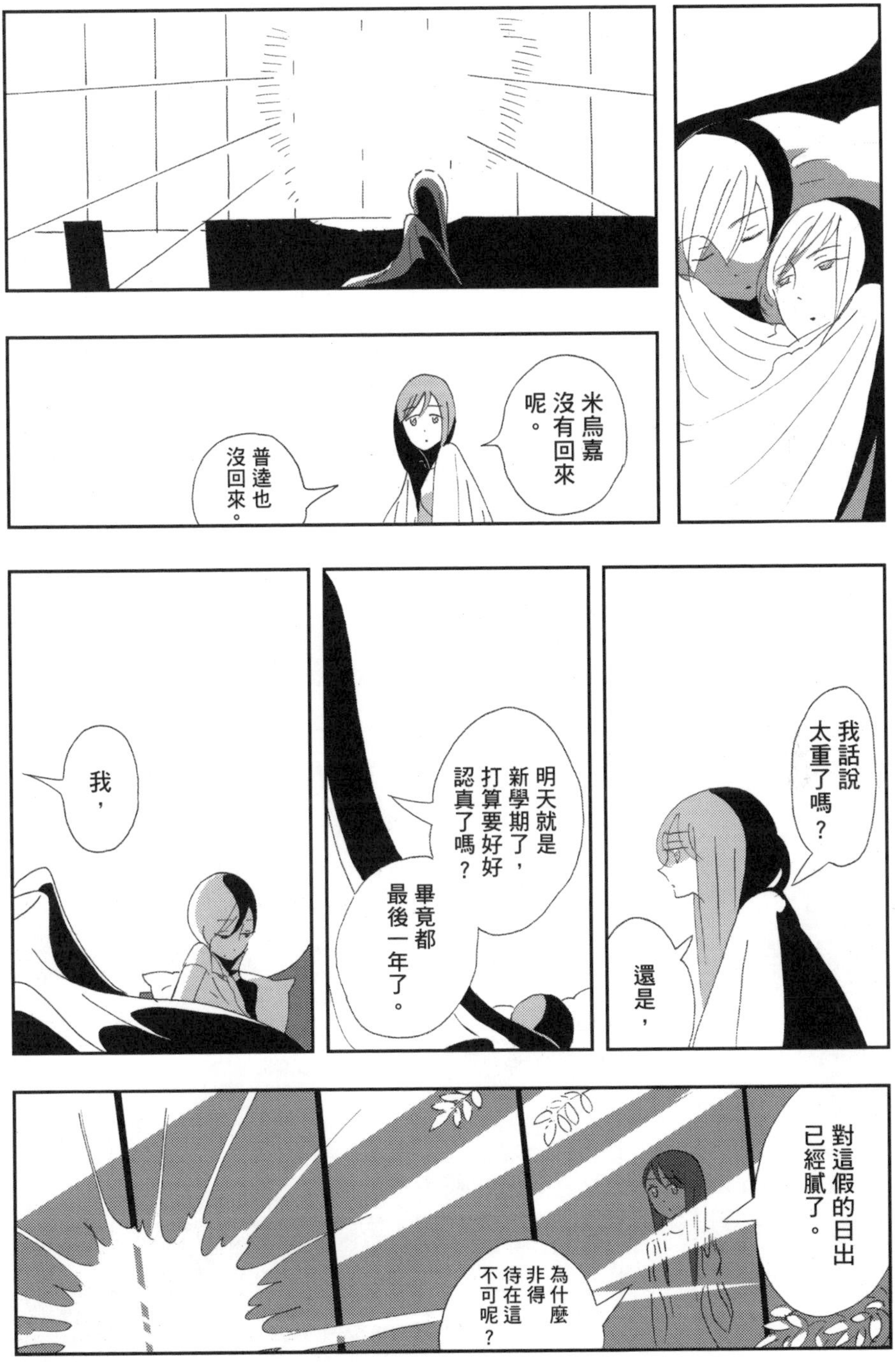
米烏嘉沒有回來呢。
普達也沒回來。
我話說太重了嗎？
還是，
明天就是新學期了，打算要好好認真了嗎？
畢竟都最後一年了。
我，
對這假的日出已經膩了。
為什麼非得待在這不可呢？

不知道大家是不是跟我一樣。
當時他們給了我家人一筆鉅額的入學獎學金，因為我有點愛耍小聰明，就被賣到這裡，回不去了。
潘朵拉其實是在展示最新又稀有的少女……
對吧，奈奈。
沒錯。
我們必須盡可能讓自己賣高價點。
不良品會怎麼處理，
妳知道吧。
哥哥就是這種人。

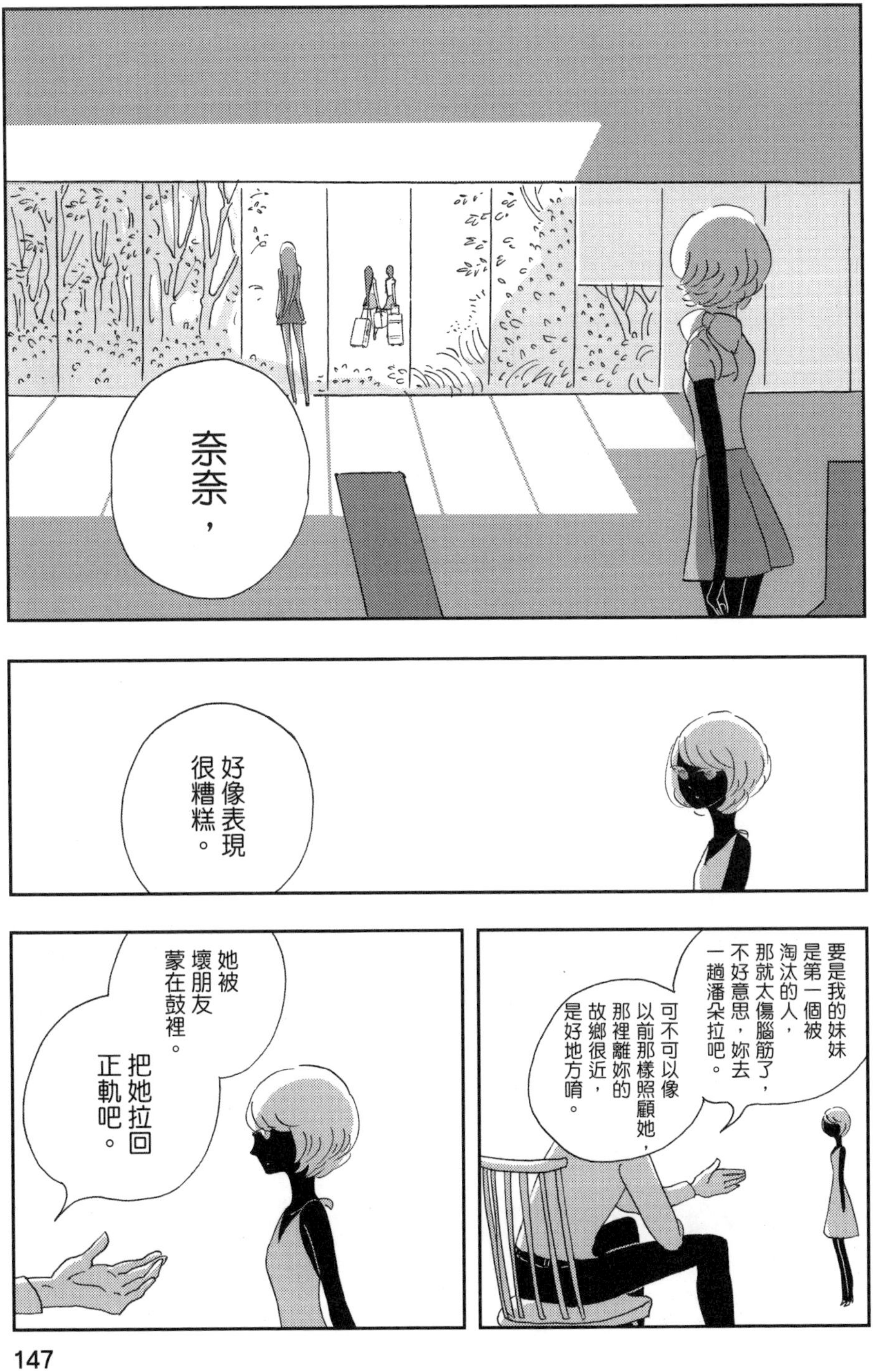
奈奈，
好像表現很糟糕。
要是我的妹妹是第一個被淘汰的人，那就太傷腦筋了，不好意思，妳去一趟潘朵拉吧。
可不可以像以前那樣照顧她，那裡離妳的故鄉很近，是好地方唷。
她被壞朋友蒙在鼓裡。
把她拉回正軌吧。

不過她要是知道是我拜託妳，她會很失望，罵妳是叛徒。
所以絕對不可以說話喔。
失去唯一一個朋友很恐怖吧？
（嘩啦啦啦啦啦啦啦……）
ザアアアアアアア……

喂。
今天開始上課了。
快點去。
喀啷
不用給我吃的了。
一個人隨便就解決了。
什麼？
妳不知道哪間教室？
妳在開玩笑吧。
上次考試的最後一題非常困難，沒有人答對。
前陣子發現的不規則銀河 PRISMA，當中的恆星 TABA 與十二顆衛星間的體積若是如圖A所示膨脹到最大時，空間中的 Rasht Texture 含有率是——

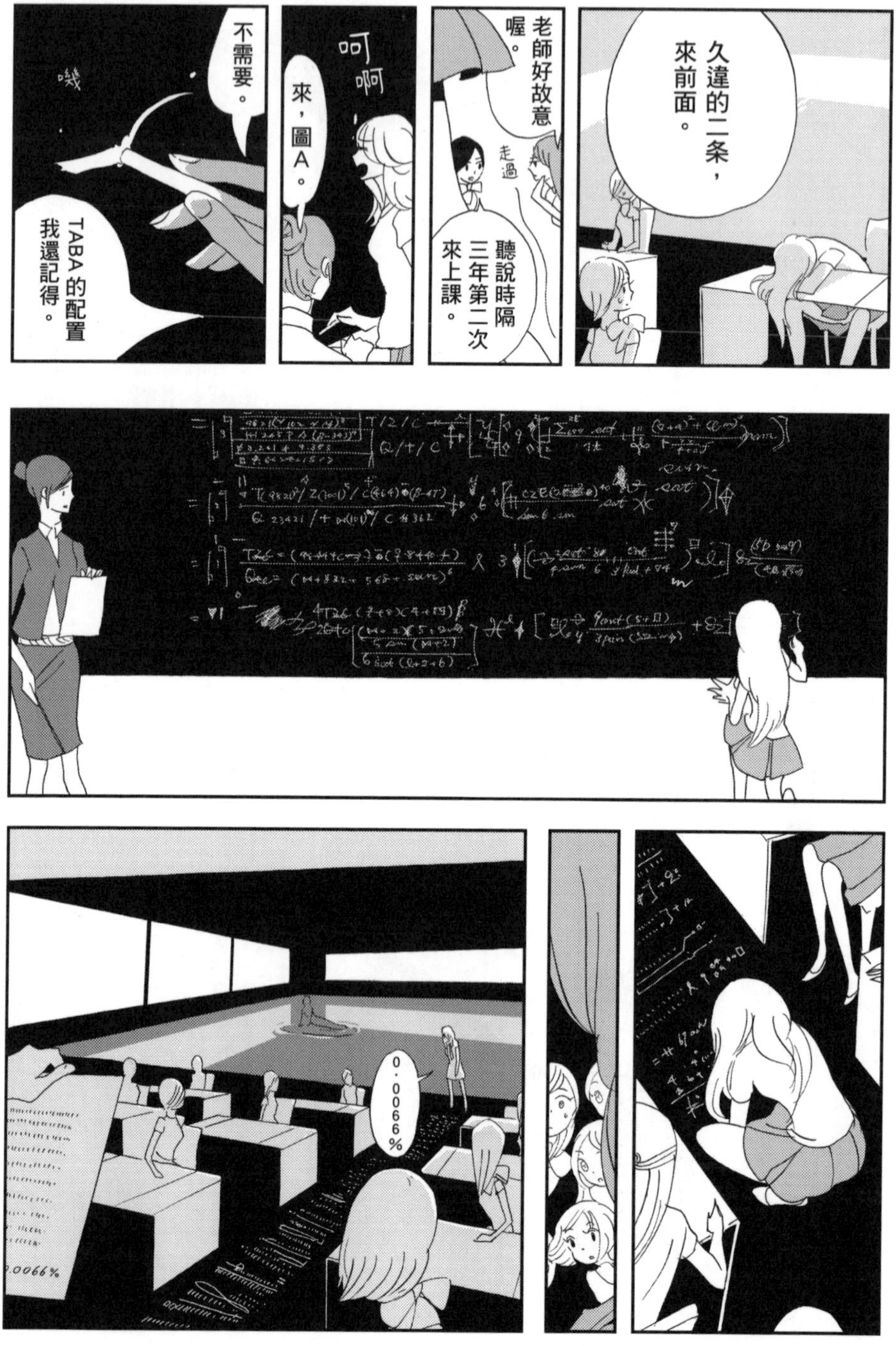
久違的二条，
來前面。
老師好故意喔。
走過
聽說時隔三年第二次來上課。
呵啊
來，圖A。
不需要。
嘰
TABA的配置我還記得。
0.0066%

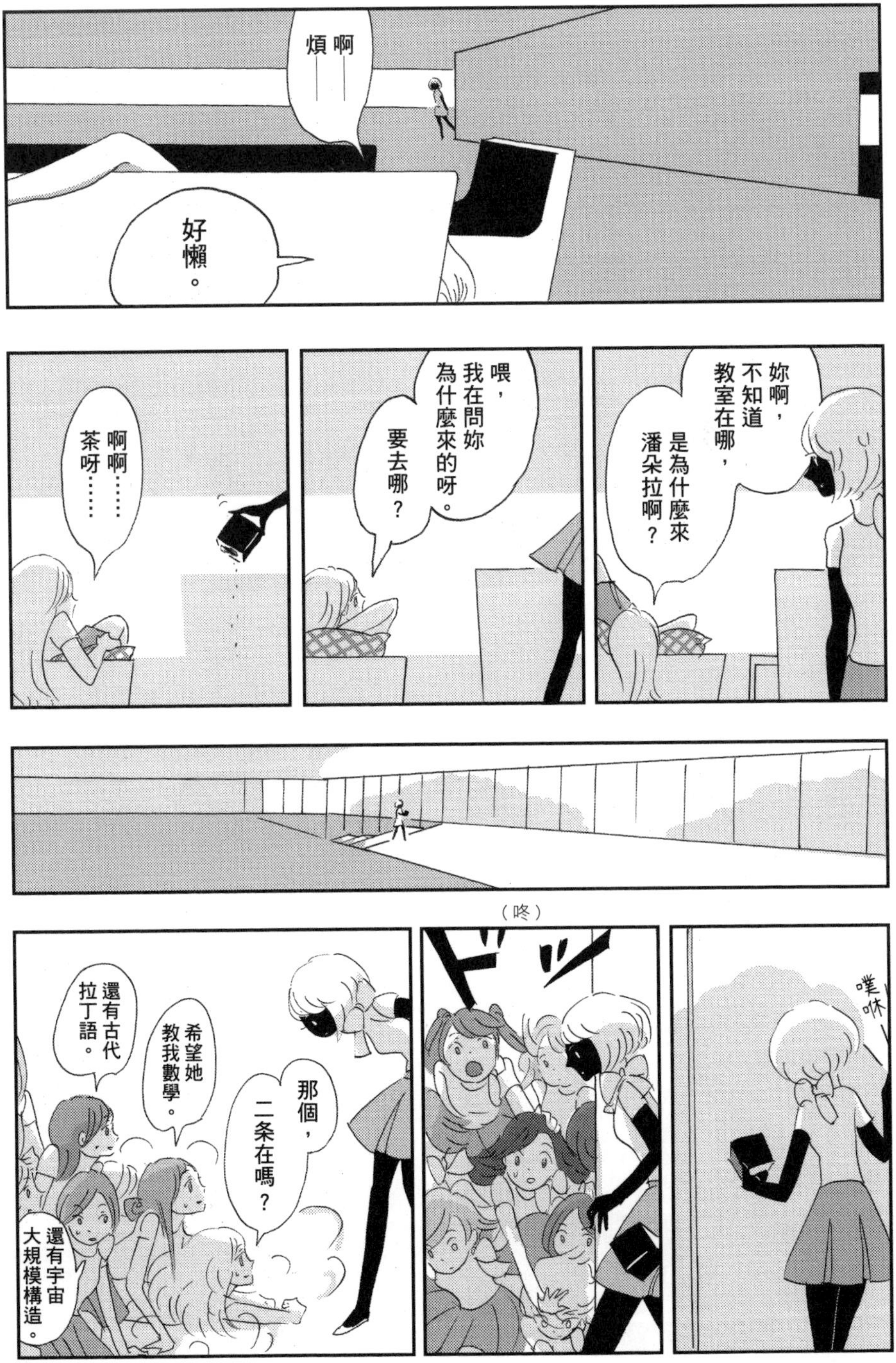
煩啊——
好懶。
妳啊，不知道教室在哪，是為什麼來潘朵拉啊？
喂，我在問妳為什麼來的呀。
要去哪？
啊啊……茶呀……
（咚）
噗咻
ドッ
那個，二条在嗎？
希望她教我數學。
還有古代拉丁語。
還有宇宙大規模構造。

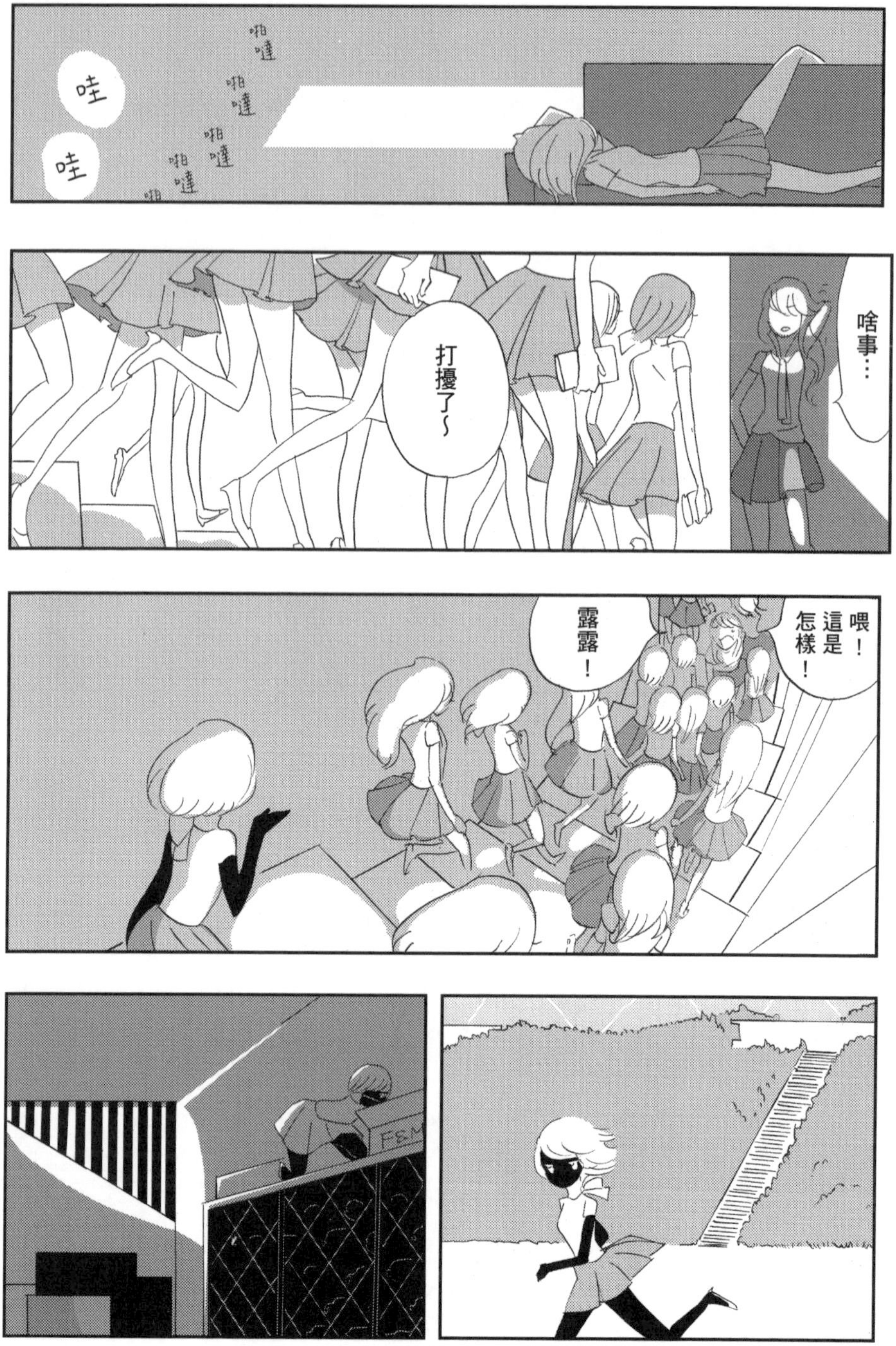
哇
哇
啪嗟
啪嗟
啪嗟
啪嗟
啥事…
打擾了~
喂！這是怎樣！
露露！

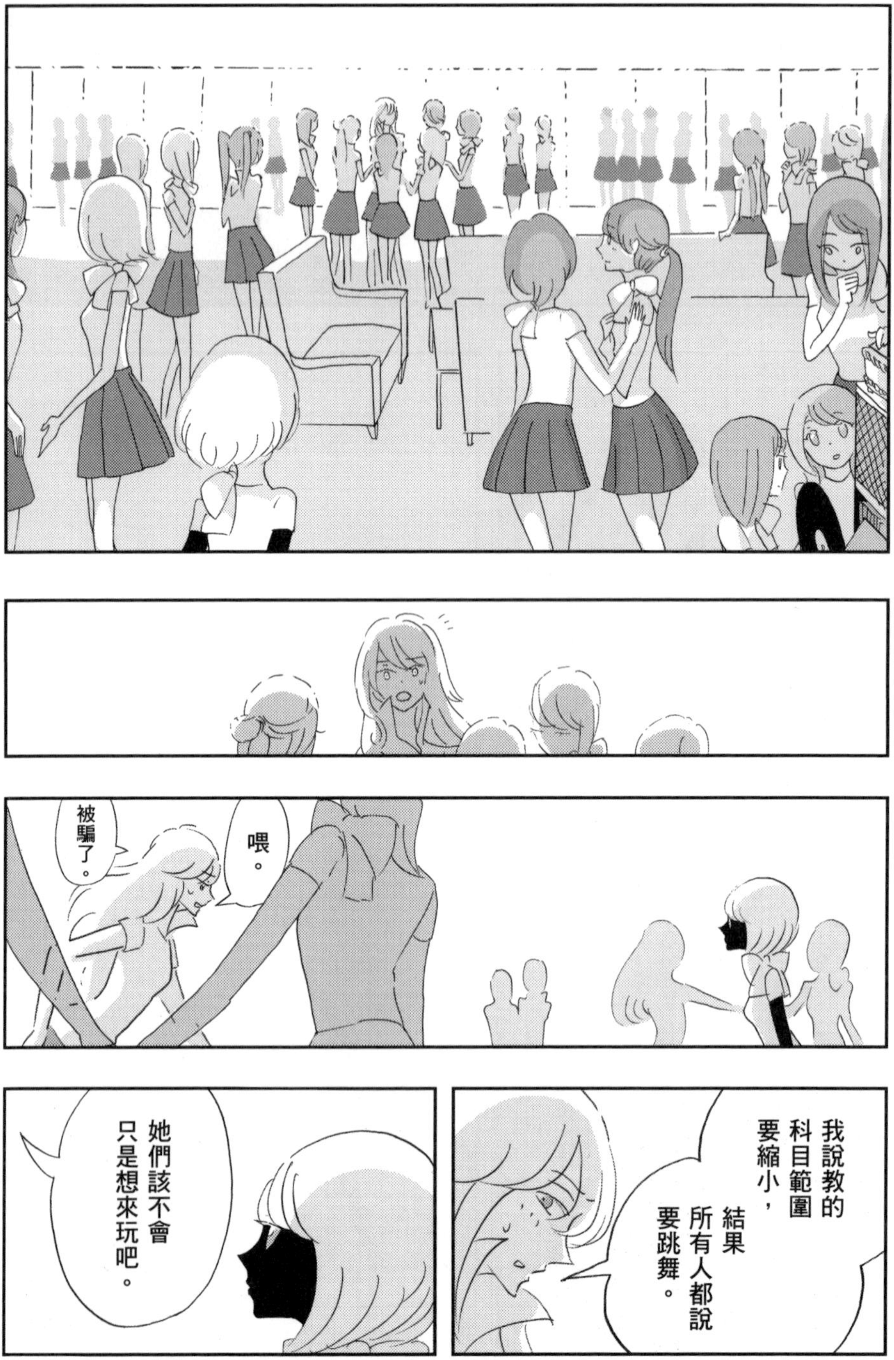
喂。
被騙了。
我說教的科目範圍要縮小，結果所有人都說要跳舞。
她們該不會只是想來玩吧。

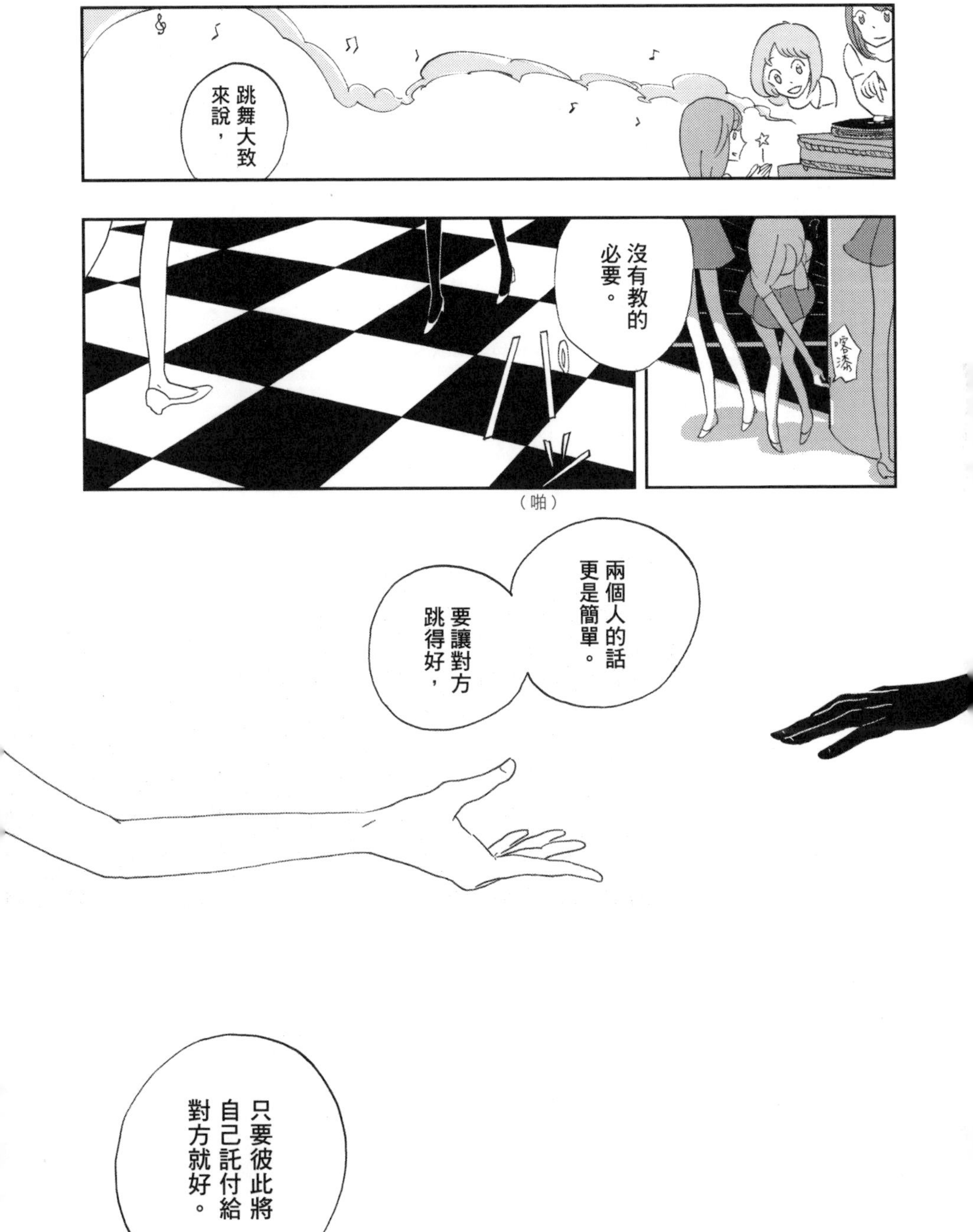
跳舞大致來說，
沒有教的必要。
喀滲
（啪）
兩個人的話更是簡單。
要讓對方跳得好，
只要彼此將自己託付給對方就好。

ゴオー
呀。
哇。
啊。
(轟…)
都忘記了！畢業典禮當天都會例行起大風！
討厭啦～！奈奈姊精采的致詞都聽不見了。
喂！
露露！
畢業典禮謝謝妳，接下來是前往恩克拉多斯的啟程儀式。
哇－
哇－
哇－
奈奈姊！
奈奈姊耶
短髮也很好看！
還有點時間。
最後一起去散步吧。
走到別館。
ゴオ
(轟)

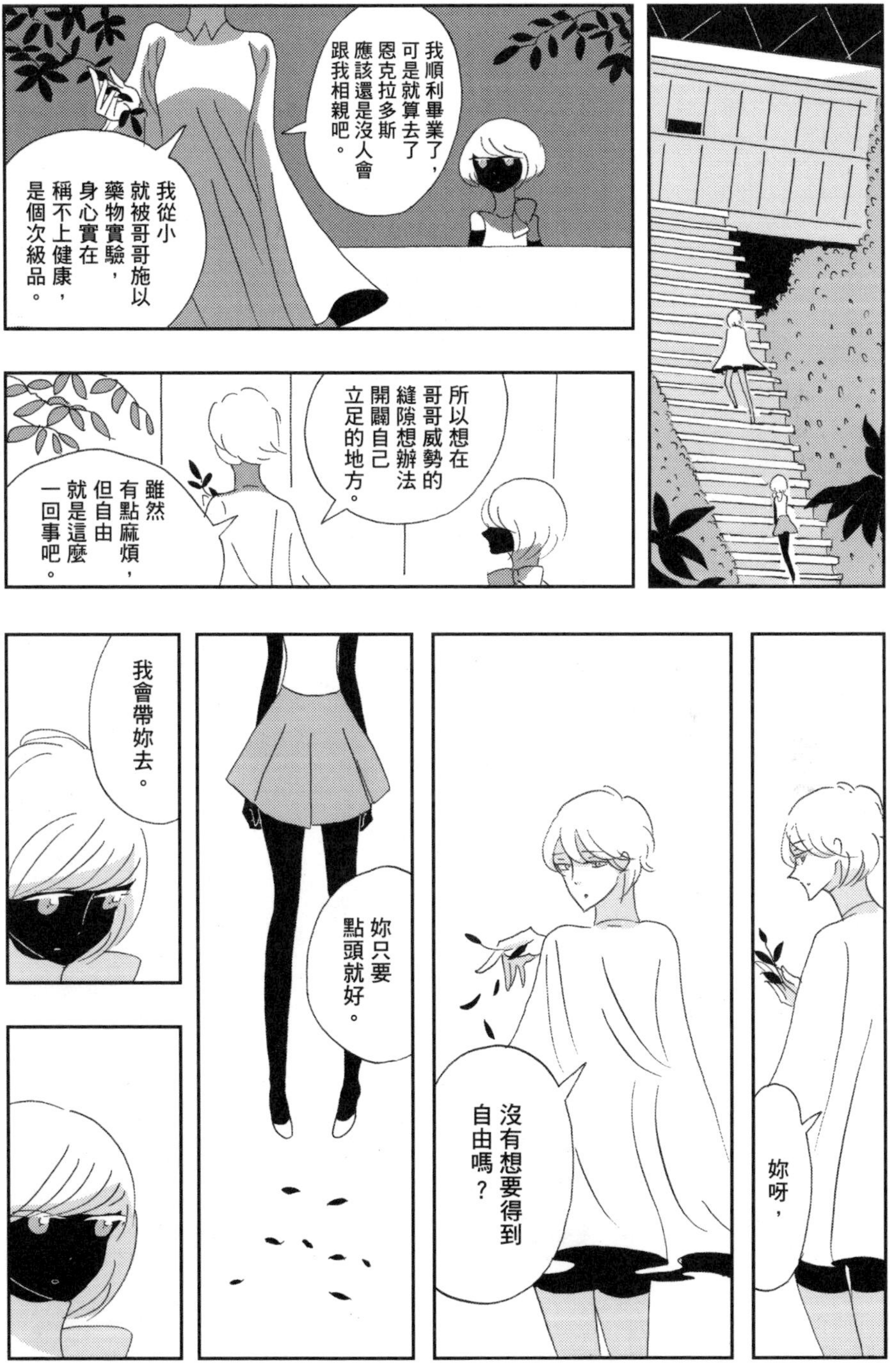
我順利畢業了，可是就算去了恩克拉多斯應該還是沒人會跟我相親吧。
我從小就被哥哥施以藥物實驗，身心實在稱不上健康，是個次級品。
所以想在哥哥威勢的縫隙想辦法開闢自己立足的地方。
雖然有點麻煩，但自由就是這麼一回事吧。
妳呀，
沒有想要得到自由嗎？
妳只要點頭就好。
我會帶妳去。

（啪沙）
啪沙
啪沙
啪沙
是我的房間。
忘記關了。
保重身體啦。

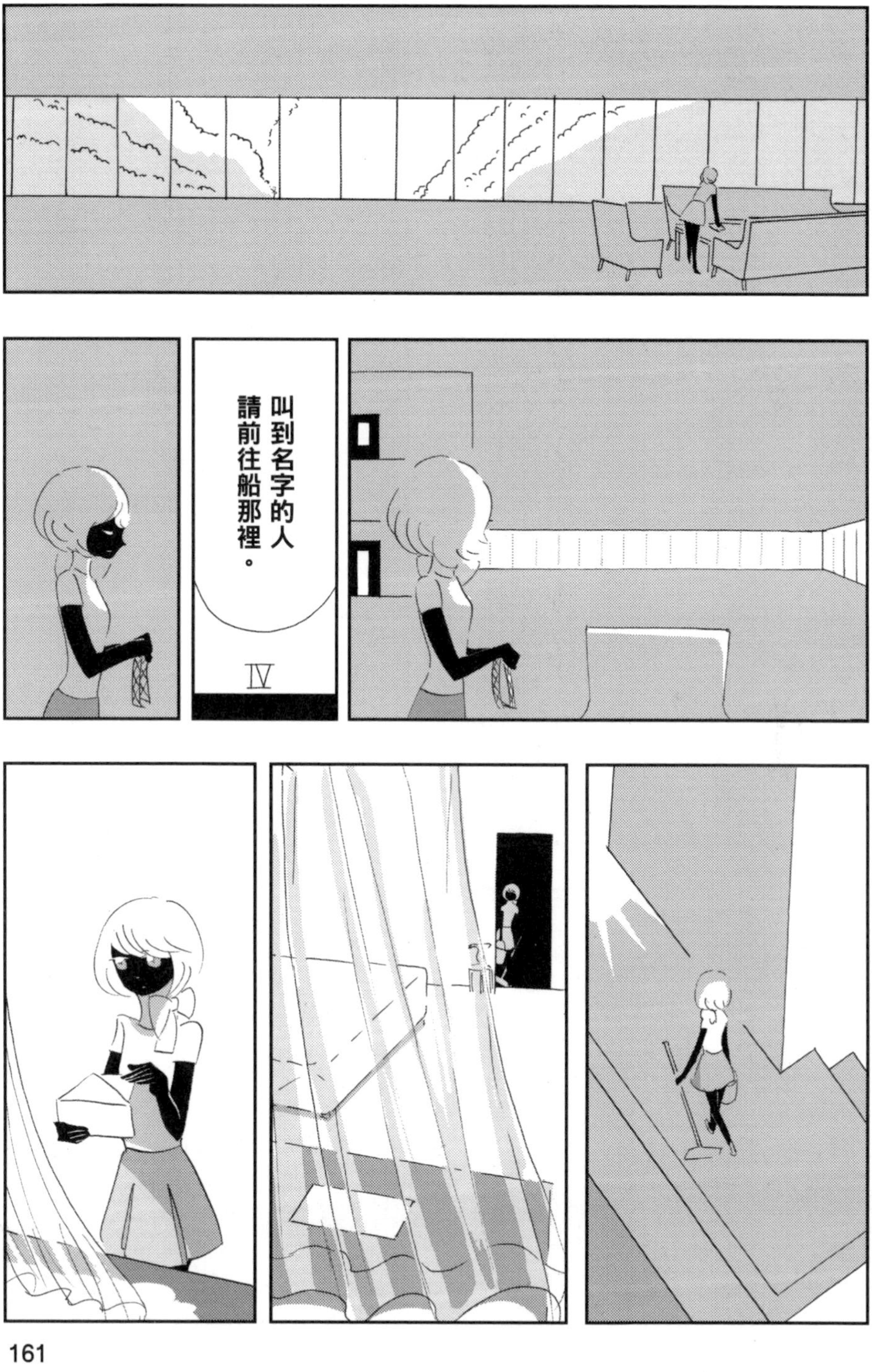
叫到名字的人
請前往船那裡。
IV

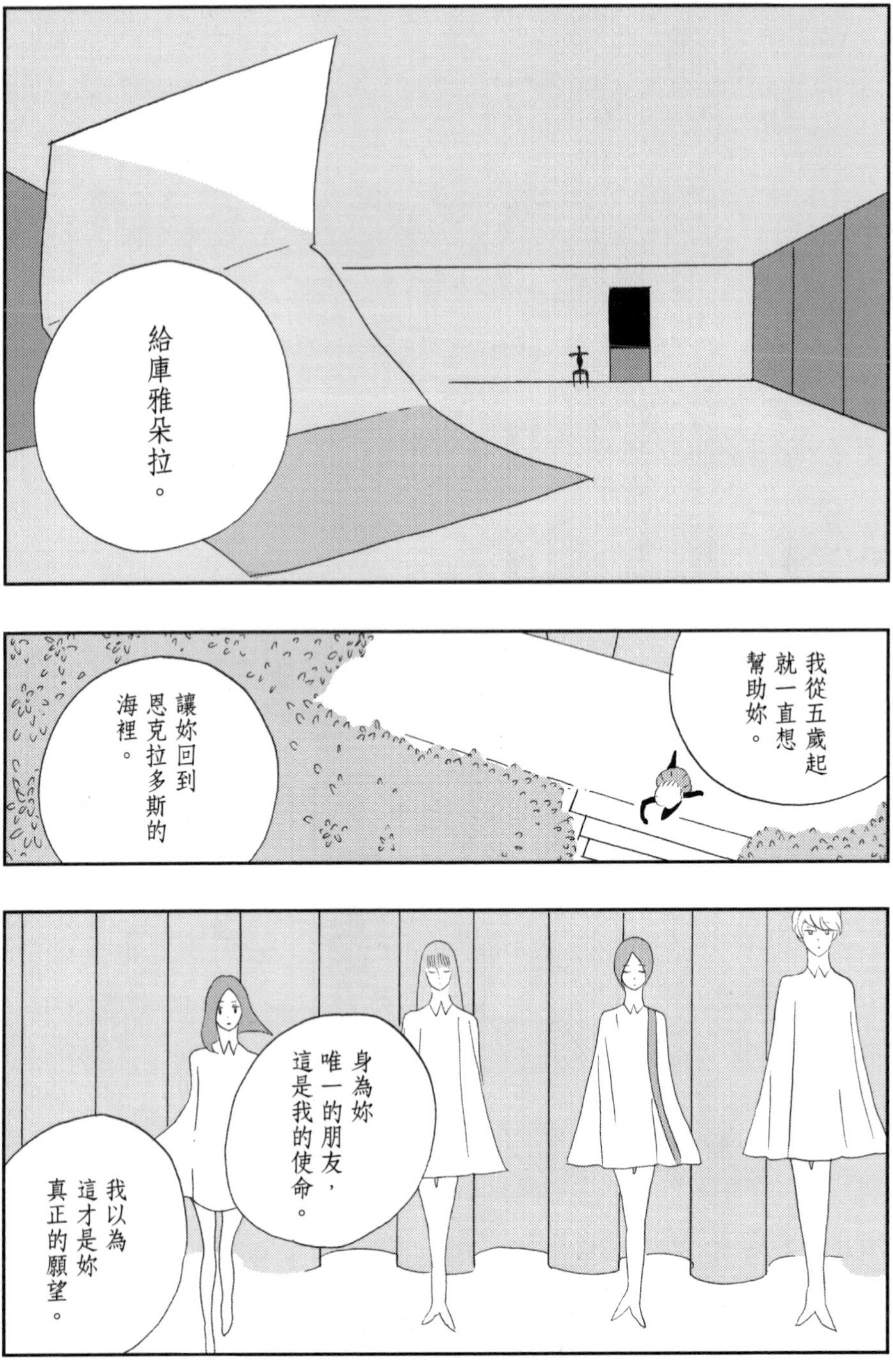
給庫雅朵拉。
我從五歲起就一直想幫助妳。
讓妳回到恩克拉多斯的海裡。
身為妳唯一的朋友，這是我的使命。
我以為這才是妳真正的願望。

所以我才會前往潘朵拉，違背哥哥，迫使他送妳過來，
（跌倒）
鏗
（啪）
計畫今天祕密把妳帶去恩克拉多斯。
不穩
拉
準備把妳切開讓妳沉入水裡。
可是經過一整年的相處，

直到今天早上，
才覺得好像全部都是我想錯了。
我一直看著妳，
愈看愈不知道該怎麼做。
妳看起來總是很滿足。
那是因為，

與妳在一起的時光很幸福。
二条奈奈。
二条奈奈！

所有人
都過去了吧。
明天我就要
變成另一種
樣子，

去做另一個
令人窒息的新工作。
所以我只想聽妳
說一句「以後再見吧」。
只要能自由地抱著希望
再見面的那天到來，
我就覺得又能
好好呼吸了。

現在播放訊息。

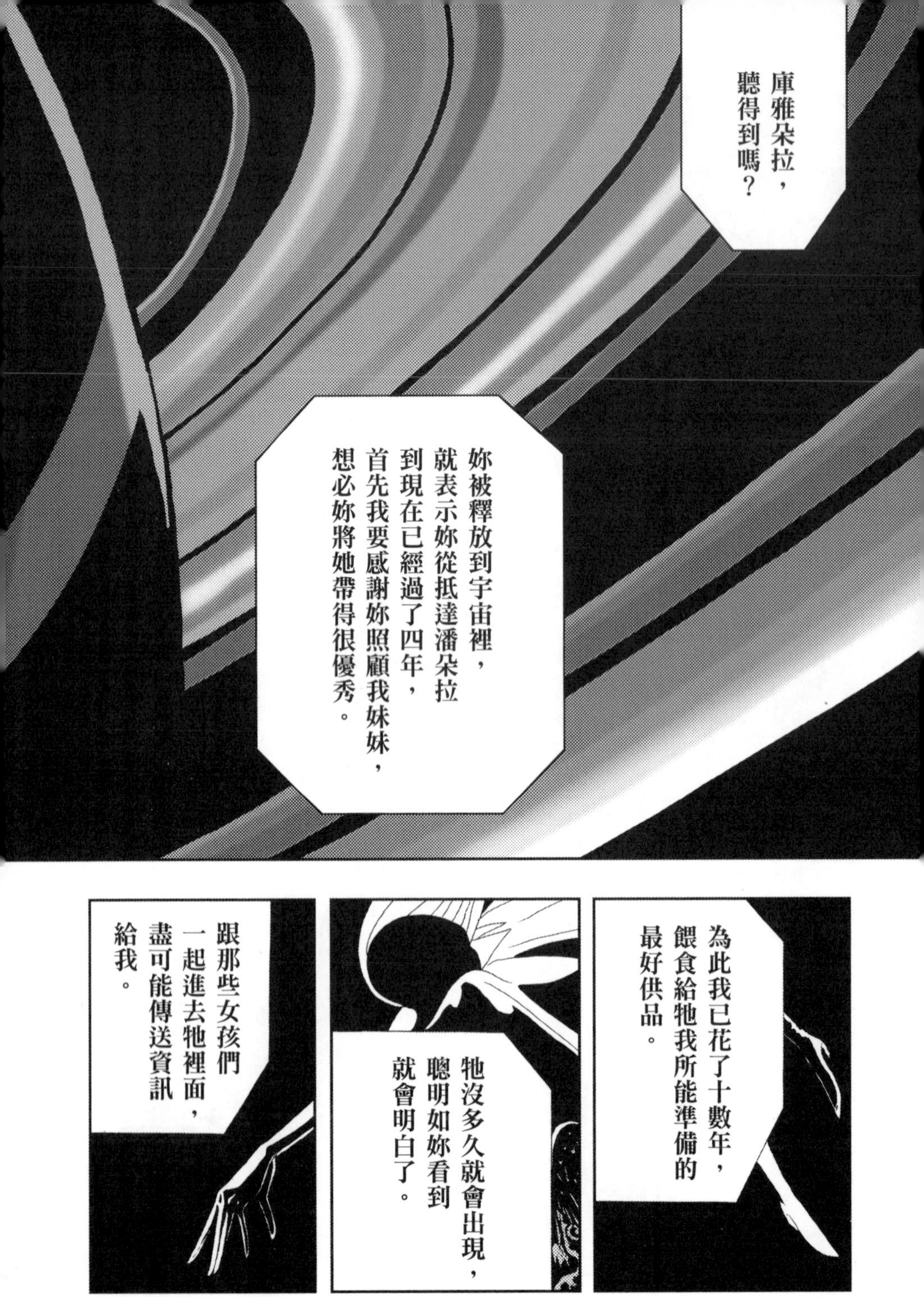
庫雅朵拉，聽得到嗎？
妳被釋放到宇宙裡，就表示妳從抵達潘朵拉到現在已經過了四年，首先我要感謝妳照顧我妹妹，想必妳將她帶得很優秀。
為此我已花了十數年，餵食給牠我所能準備的最好供品。
牠沒多久就會出現，聰明如妳看到就會明白了。
跟那些女孩們一起進去牠裡面，盡可能傳送資訊給我。

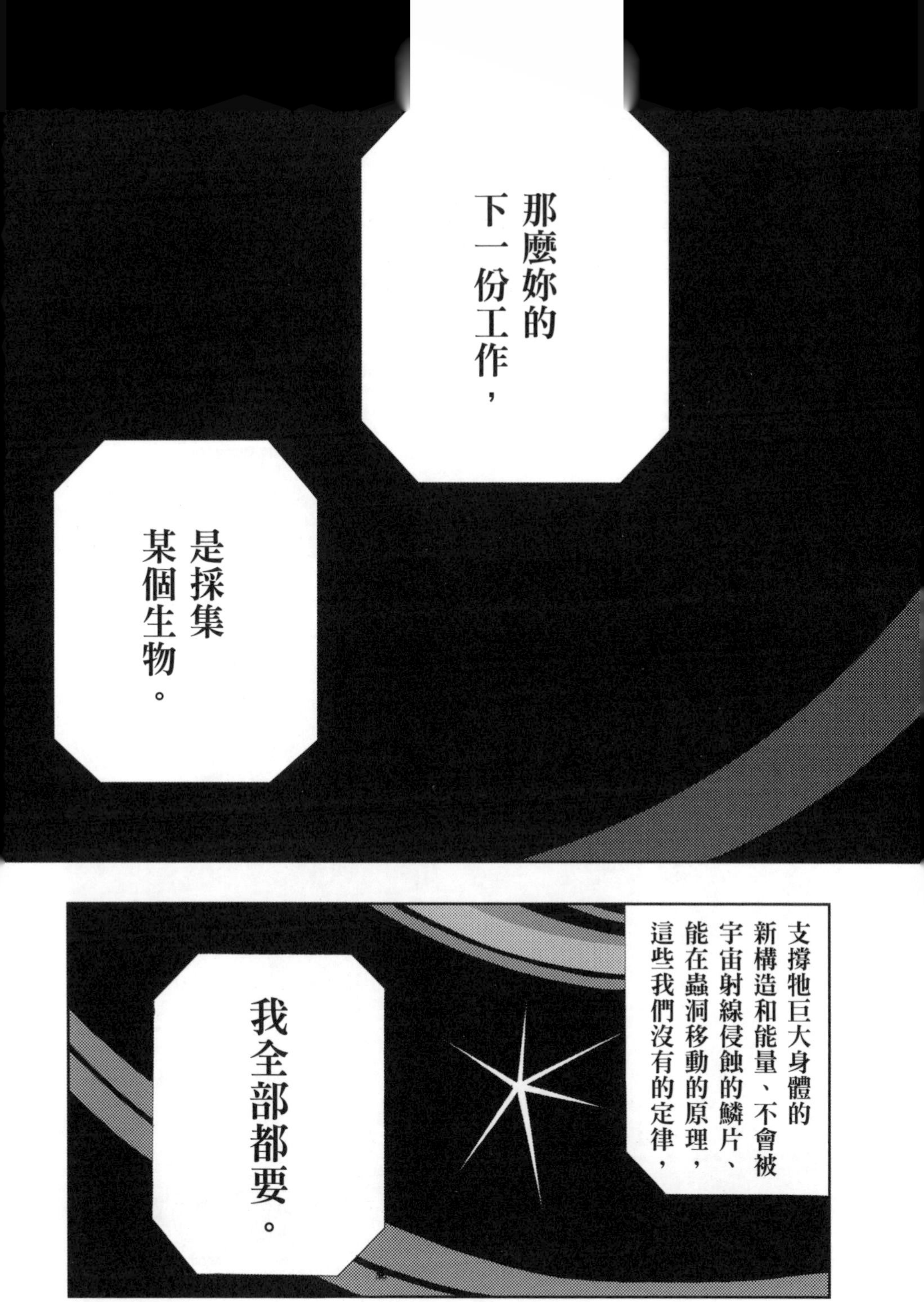
那麼妳的下一份工作，
是採集某個生物。
支撐牠巨大身體的新構造和能量、不會被宇宙射線侵蝕的鱗片、能在蟲洞移動的原理，這些我們沒有的定律，
我全部都要。

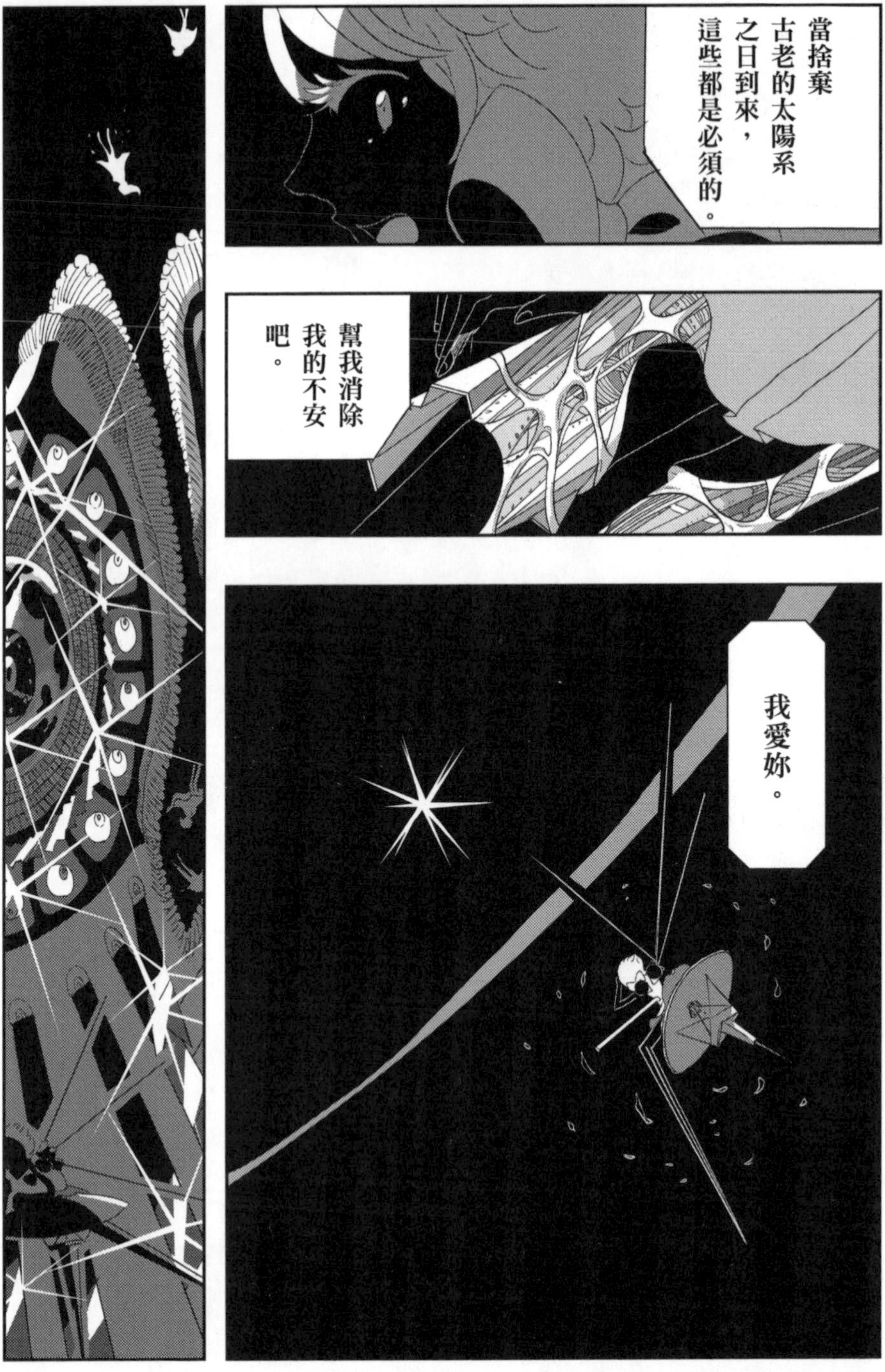
當捨棄古老的太陽系之日到來，這些都是必須的。
幫我消除我的不安吧。
我愛妳。

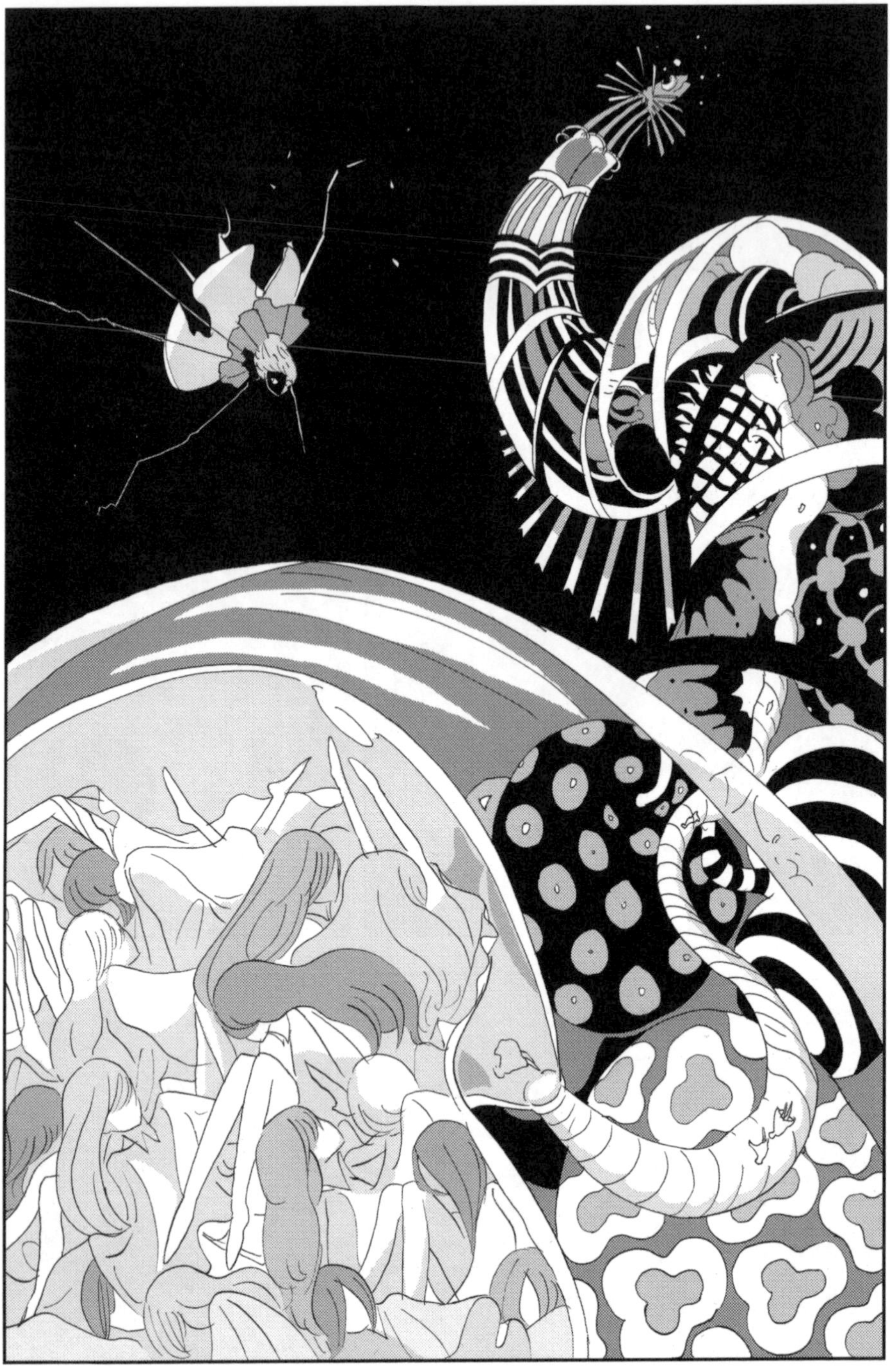

這是…
破掉的地方都修補好了。
有碳、一氧化矽、鎂……六種礦物質，還有一種不明。
大家都還活著。
……奈奈也活著。

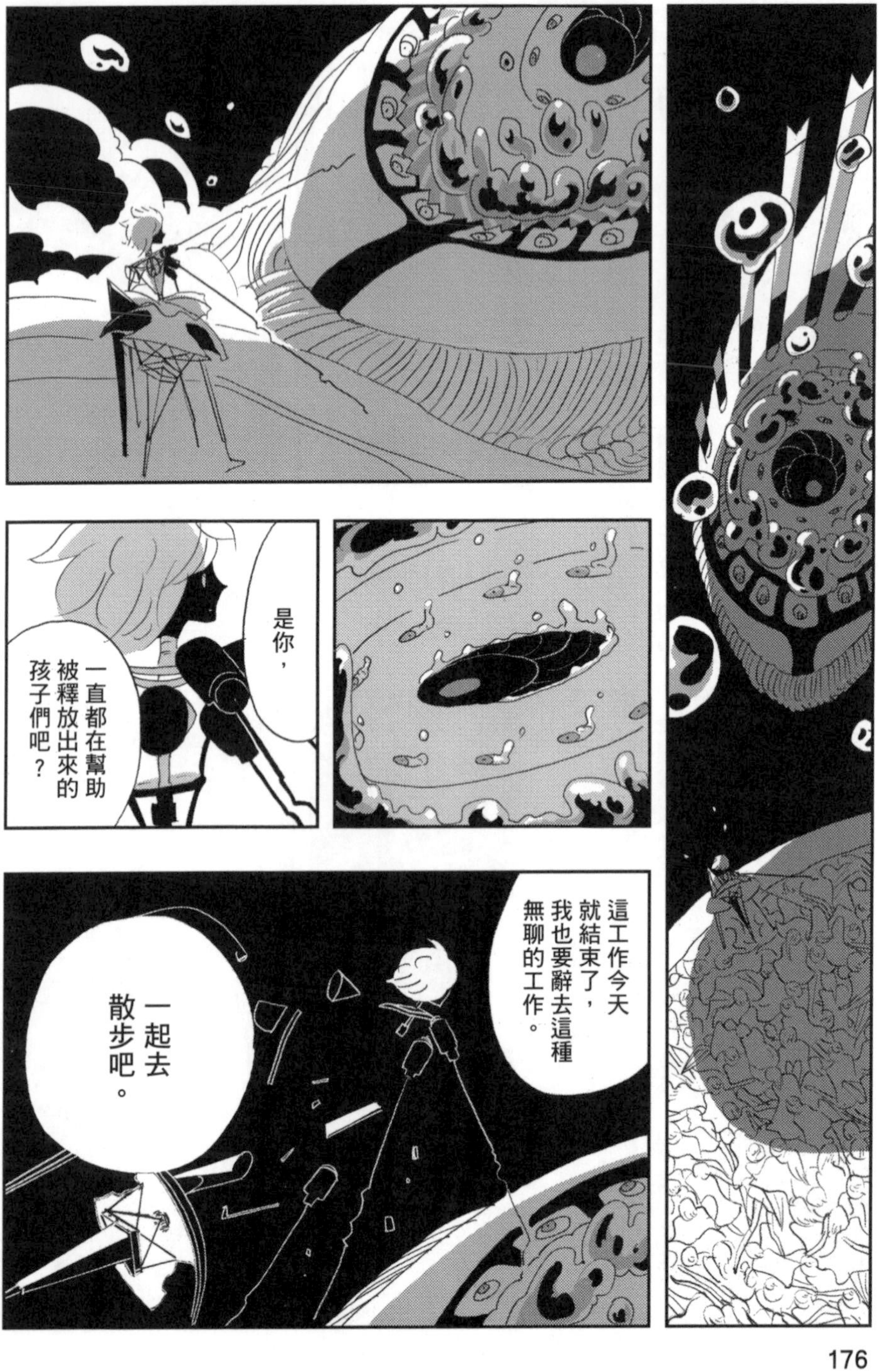
是你，一直都在幫助被釋放出來的孩子們吧？
這工作今天就結束了，我也要辭去這種無聊的工作。
一起去散步吧。

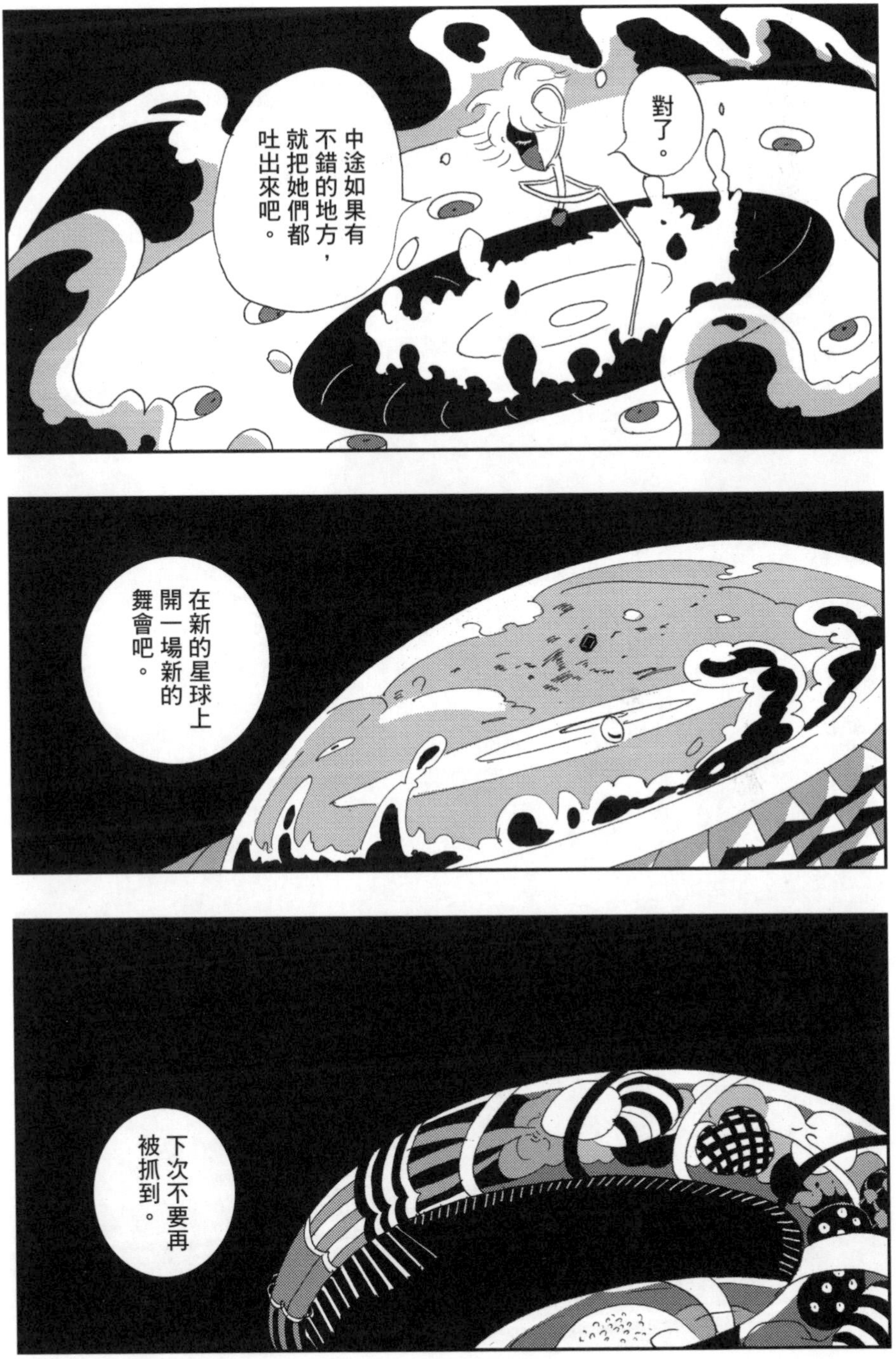
對了。
中途如果有不錯的地方，就把她們都吐出來吧。
在新的星球上開一場新的舞會吧。
下次不要再被抓到。

〔潘朵拉之上〕　終

明天要參加考試的人，
今天要好好休息，不要勉強。
月之葬禮

天才老師。

幫幫成績不好的學生吧。
你在跟我講話？
啊——你真討厭耶。
不要那麼謙虛嘛。
嘶嘶嘶
以上可以證明 $\alpha < \frac{\sqrt{5}}{13}$。
是我錯了，混蛋。
請告訴我解法，可惡。
頭腦跟未來都很清楚，真好呀，要是你繼承了醫院請聘用我吧。
「清楚」，
跟什麼都沒有一樣意思。
嗚哇，這句話真是太深奧了，不懂呀——
啊，這裡還有一題，可以幫我批改嗎？
需要算式嗎？
開什麼玩笑，當然需要啊。
啊啊竟然能解得那麼流暢⋯

真是無趣呀。
你偶爾考差一點也沒關係啊。
啊啊。
是啦。
再一次。
×10 回放

果然暗暗的看不清楚。
妳看這個走在後面的小孩。
啊，這個站務人員是津田家的嗎？
對對大兒子。
哇嗚。
長大了呢。
妳們，在看什麼？

打擾啦。
我遲到了。
我家那裡除雪車沒有過去。
01地區會長
町内婦女會長
（啪沙沙沙沙…）
キャ
（哇——）
間先生
來囉
抱歉讓你跑一趟。
沒事~
倒茶
傍晚時啊，有個孩子在火車站闖入軌道，我們找不到他。
他好像從市區花了三天，才來到這裡。
還有點心
哎呀。
奶奶起來
キャ
（哇——）
（哇——）
什麼？迷路了嗎？
該說是迷路還是離家出走呢，
謝謝，瑠璃子。
剪頭髮了呢。
很適合妳唷。
哎呀。
滑

18歲
175公分
體型瘦
黑色的
紫色的
灰色的
有看到
請問，
有沒有可以往更北邊去的交通方…
啊沒事。
沒關係。

這個嘛，
別這麼說。
喂~小間你在幹嘛！
趕快上來呀！我們要開珍藏的東西囉！
抱歉—我今天要回去了。
我弟昨天就來了。
他很怕生。
這樣啊。
等沒事了我再過來。
好。
（什麼——！）
（爭先恐後）

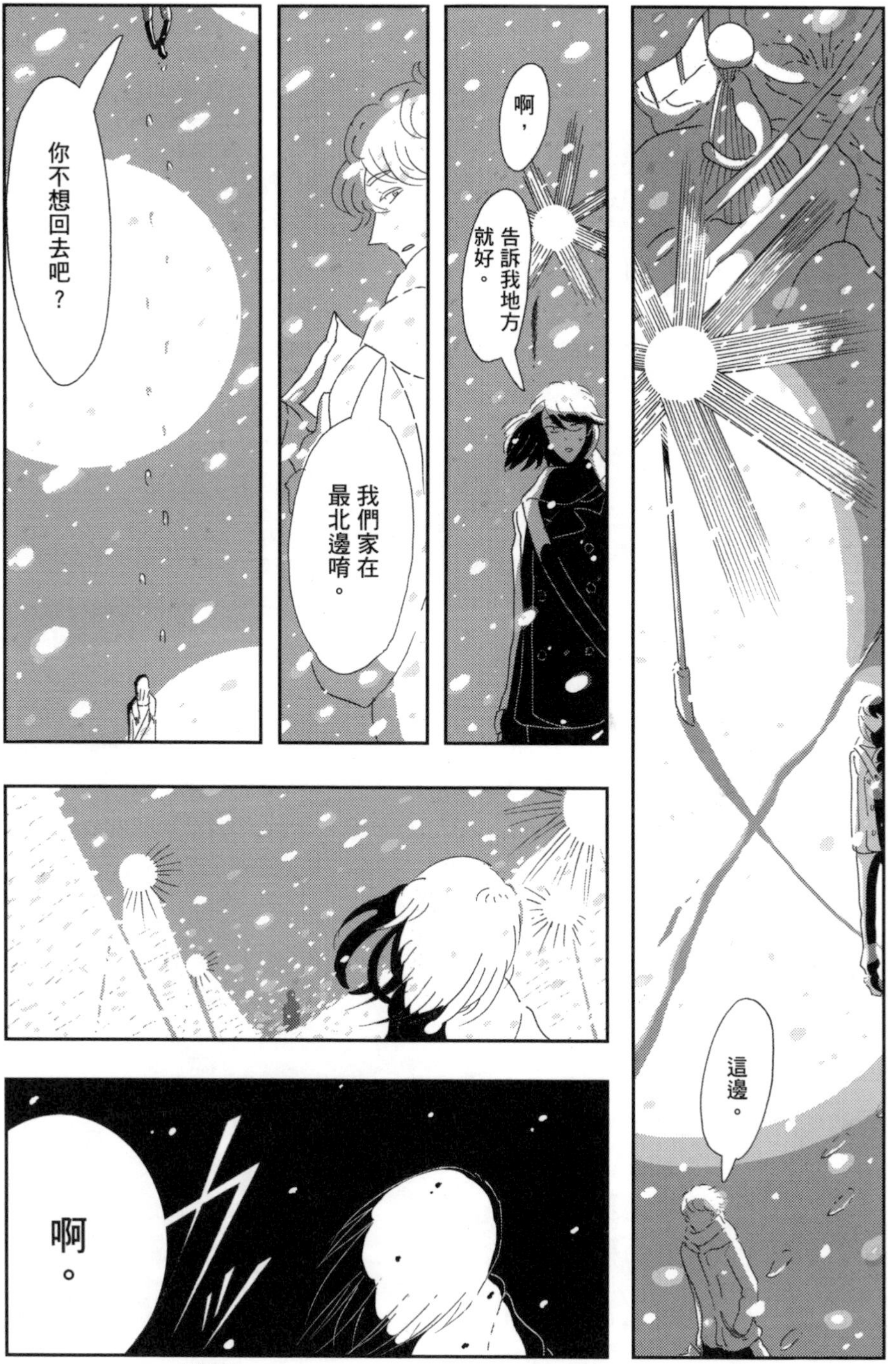
這邊。
啊，
告訴我地方就好。
我們家在最北邊唷。
你不想回去吧？
啊。
（喀嚓）

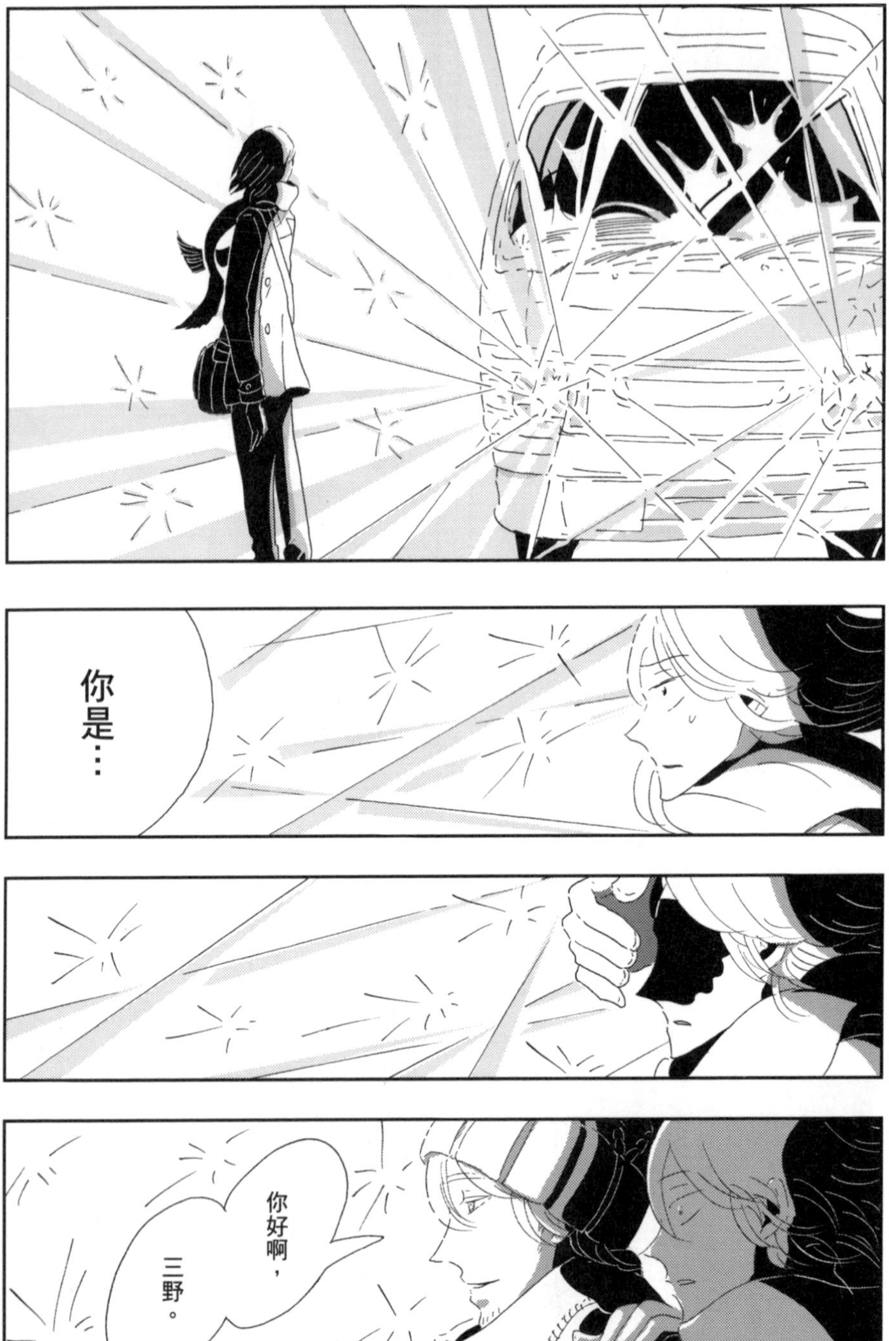
你是……
你好啊，三野。

謝謝你前陣子給的餅。
真是的——是小間認識的人啊。
對，我弟弟，你是在找那個高中生嗎？
對呀——年紀大了，年輕人看起來都一樣。
辛苦你了。
要兔肉嗎？

辛苦啦。
東西掉了。
WORD CARDS
不需要了。
留在這的話，
熊會追過來唷。
哼嗯。

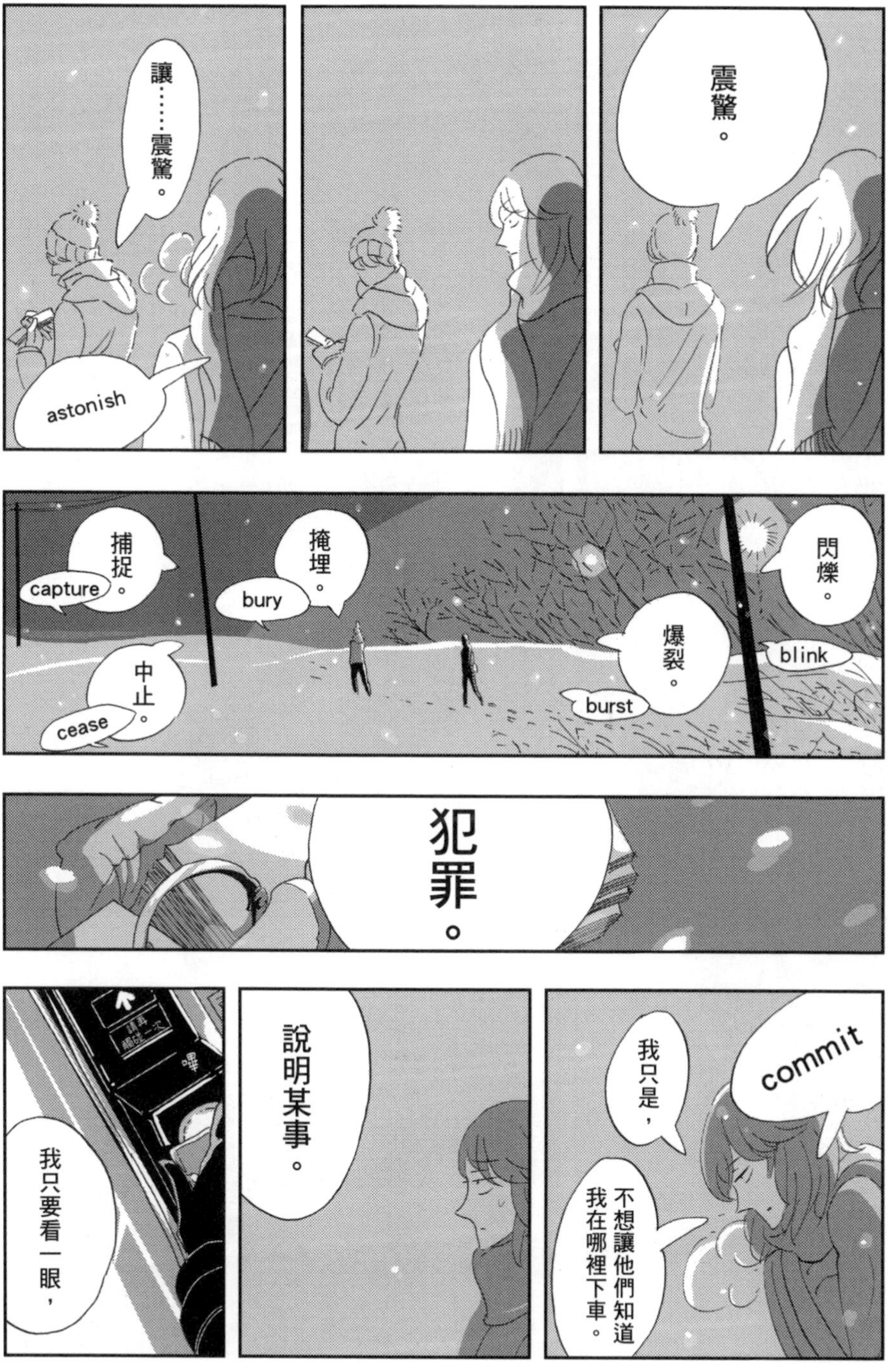
讓……震驚。
astonish
震驚。
捕捉。
capture
中止。
cease
掩埋。
bury
爆裂。
burst
閃爍。
blink
犯罪。
嗶
我只要看一眼，
說明某事。
我只是，
不想讓他們知道我在哪裡下車。
commit

就都知道答案是什麼了。
無論是課業還是雙親的期待。
我很清楚，如果繼續這樣順著走下去我會變成平庸的塵埃。
這樣的氣息令我窒息，所以才讓我變得怪怪的。
考試那天我坐錯了車。
本來打算考試時間過了就回家。
但我一回去就會被當成病人對待吧，那麼至少…
如果讓我在這如地獄般平淡的地方徘徊遊蕩，
寂寞和痛苦，
會讓我知道自己做錯了。
下次不會再背叛大家。

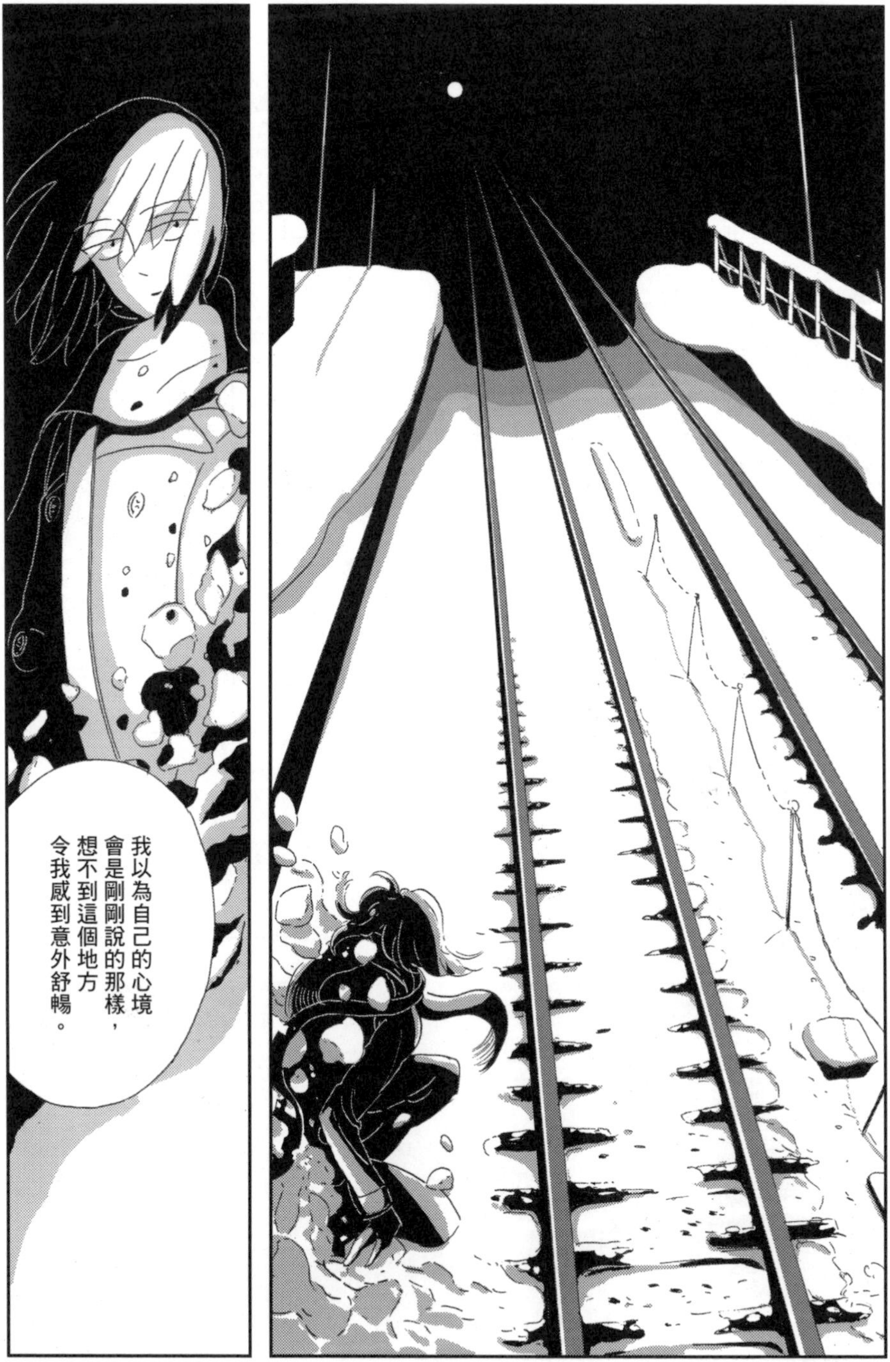
我以為自己的心境會是剛剛說的那樣，想不到這個地方令我感到意外舒暢。

原來如此。
那不如，
乾脆，
在地獄裡重生看看？
當你弟弟的話，還真看不到未來。
是嗎？

當我弟的話在這個小鎮裡會過得不錯唷。
然後未來某天叫我簽字賣器官。
你不會這樣吧。
還是你覺得我應該要這麼壞？
並不用，只是我不想只拿你好處。
那你幫我找東西。
（噗滋）
只要不是幫你找自己就好。
要找自己的是你吧。
要找什麼都可以，請說。
搖控器。
就是搖控器。
有了。
答錯——

是掉在外面的。
突然範圍變很大呢。
什麼時候掉的？
夏天。
我工作時在用。
你的工作，是不是地方藝人？
才不是。
貴婦們不是都會對著你尖叫嗎？
我是想說被你這種怪裡怪氣的人背叛也不會受傷，所以才試著相信你啦。
你啊，之所以過得那麼辛苦是不是那動超快的腦袋和扭曲的個性造成的？
初次見面就那麼敢講啊。
沒關係啊。
我就證明給你看我是個聰明友善又可愛的弟弟。
告訴我地點，我去找。

你要的地點。
哇——！第一次看到結冰的湖呢！
而且湖面還很薄唷，盡情打碎它吧。
我對真正的地獄沒有興趣！
你這白髮鬼。
很淺啦。
嘶嘶
夜路啊。
起事故
夜間路滑注意
降雪開大燈
向車注意！
有熊出沒

你沒有個名字的話沒辦法聊得盡興吧。
啊？那名字也太晦氣了。
夜路——
衛生紙沒了——
什麼？
（噗———）
去跟鄰居借一些吧——
不行啦，他們在搜尋我耶。
表現鬼鬼祟祟的反而奇怪。
在這裡昨天才有風聲，今天就會傳得到處都是。
這是一體兩面吧。
（哈啾）
沒關係。
我很寂寞要早點回來唷♡
啊，這種我就不必了。

這傢伙，
實在是，
完全不可靠的大叔。
哪有這種哥哥啊。
回去之後要重新討論家族關係。
喂！

哦。
咦。
不是小間啊。
我就說嘛。
你看啦。
抱歉抱歉。
啊……
我是他弟。
哥哥他感冒了。
（出現）
什麼！
間他感冒了!?
嚇
呃。
啊，是的。
不好意思，還讓妳……
沒關係啦～大家互相嘛！畢竟這個鎮上沒有醫院啊。
你哥哥本來就在靜養了對嗎？
呃，對對。
真是纖細呢，好想保護他。
小～間～♡
他不是啦。
不是他啊。
是他弟，說間他感冒了。
其實我是很想去探病。
只是我怕會發生什麼事……
不好意思。
聽說他是老師在這裡調查湖泊？
間……
他不是。
小間感冒了。
什麼！
不好意思……
聽說他來這是在避暑？

王子。
啊——嚇死我了——都要滿出來了。
被嚇到的是我。
你的人設真是太亂七八糟了。
他們…聽到你生病就什麼都給呢，老師。
啊——
你差點要收到三個月大的女嬰了…
我才不會答應。
不要用那種眼神看我。
你到底是誰啊。
我是你哥呀。
啊——對了對了。

以免被問到時不知道怎麼回答，
我們來決定實際一點的家族設定吧。
喔——不錯耶。
總之，
有三個繼母。
啊？
不好吧，搞得那麼有趣。
我家有五個唷。
啊？
所以對性才會那麼開放嗎？
個性開朗但是體弱多病的哥哥。
個性純真又頭腦聰明的弟弟。
同父異母。
弟弟因為想躲避家裡的爭執，
所以來探望靜養中的哥哥。
……
根本是晨間劇。
是嗎？
這很普通吧？
沒差，或許家庭狀況設定複雜一點會比較方便。
給你。
因為猛然一看，那好像沒有一千隻呢。

你居然看得出不到一千隻啊。
習慣了。
不到一千隻不好嗎？
咦，你不知道嗎？
鶴有一千隻，病就會好…
什麼啊——騙人——
好失望。
…才怪那是咒語。
迷信。
謊話。
你也是有單純的一面嘛。

如果是前世的我，現在就……
しゃん
（哈啾）
夜路。面紙呢？
啊。
沒關係啦——
不。是我的錯。
啊。
幹嘛幹嘛。
我再出去一趟。

我說沒關係啦。
不。
一定是你把散漫傳染給我了。
居然開始忘東忘西。
太恐怖了。
你的鈕扣掉了唷。
嗯？
不是那件背心的嗎？
似乎是相當昂貴又作工扎實的鈕扣。
米色的外皮，裡頭是金色的，側面有銀白色的條紋。
啊。
那個啊，

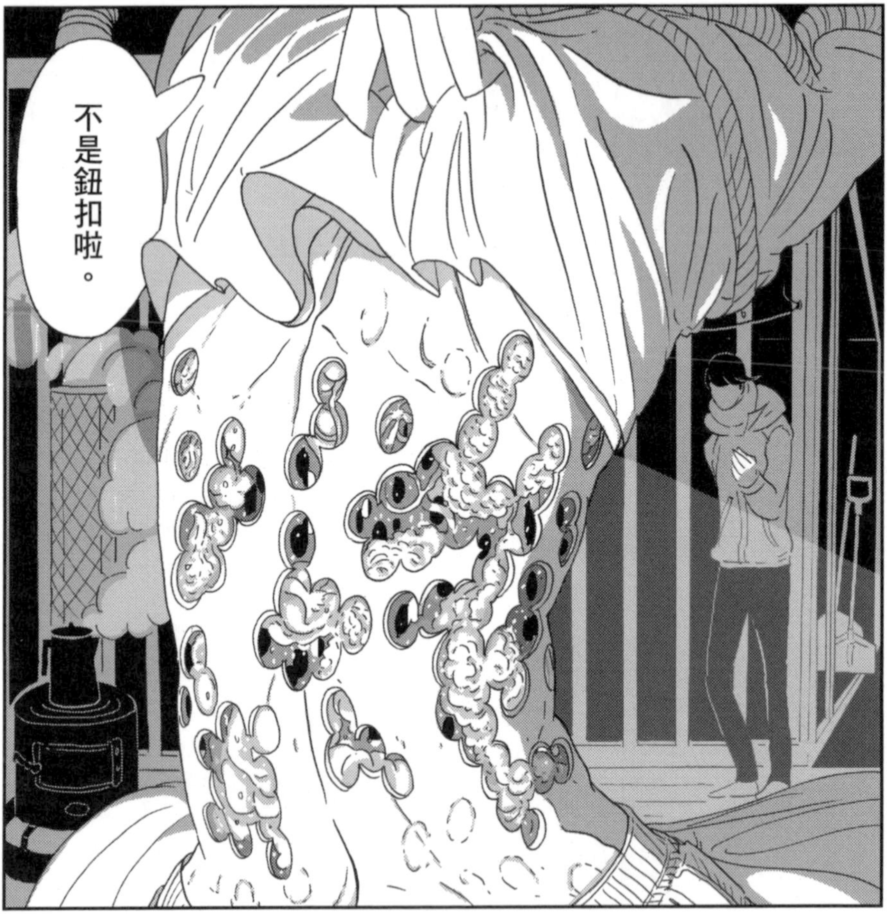

（喀）

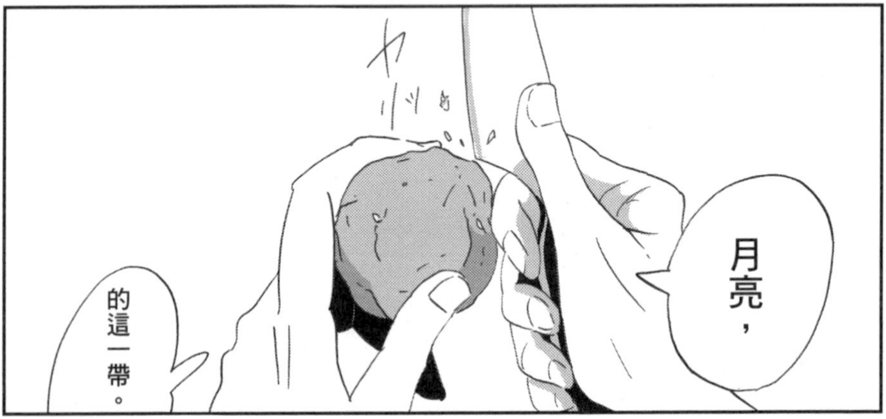

地下四百公里曾經存在一個國家。
可以從月球表面的砂裡採集到氧、水、氦、金屬，資源相當豐富，科技比起地球也稍微先進一點，所以都沒被發現吧？
但是某一天起開始流行一種病，皮膚會硬化並剝落。
不一會兒工夫就只剩下內臟。
在地球的環境底下這狀況會進行較慢。
…不過發現的時候已經只剩下我一個人了。
就跟你說了，
不會傳染給地球人啦。
不管會不會傳染，
我不相信月亮上有住人，就算我退一百步相信你啦，要說謊至少也找個太陽系以外的地方啊，月亮離這裡也太近了。
沙
沙
沙
我聽不清楚——
那些女士之間流傳我是來避暑、靜養，還有我是王子，這些事都是真的。
真不曉得她們怎麼會知道啊。
這些故事你沒告訴大家嗎？不要因為長得還算帥，態度和藹可親，成熟穩重又氣質高貴，就把自己的人設誇大成王子。
我可不會上當喔。
謝了。
難得的家人真冷淡吶。
沙
沙

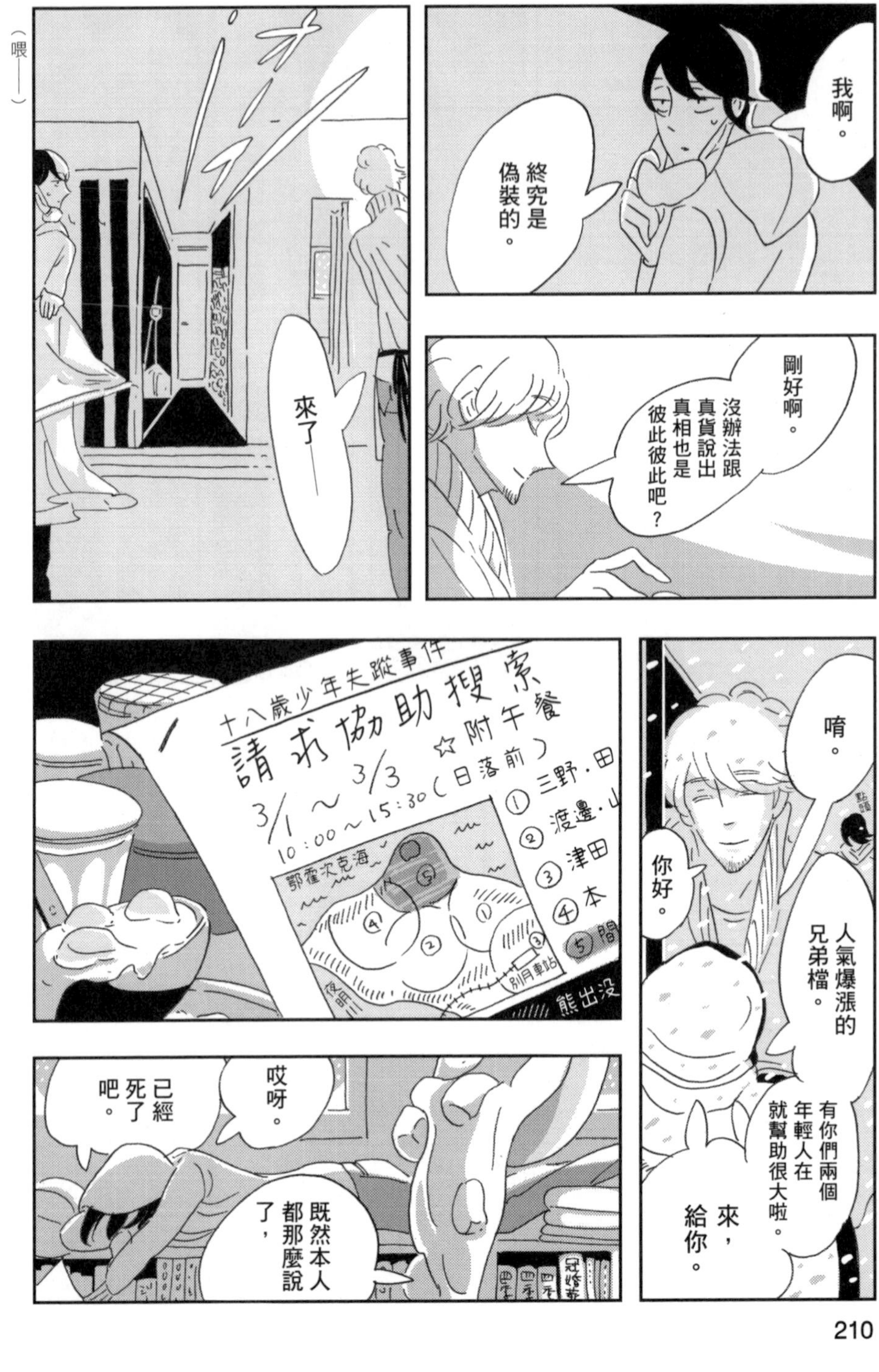
我啊。
終究是偽裝的。
剛好啊。
沒辦法跟真貨說出真相也是彼此彼此吧？
來了——
（喂——）
唷。
點頭
你好。
人氣爆漲的兄弟檔。
有你們兩個年輕人在就幫助很大啦。
來，給你。
十八歲少年失蹤事件
請求協助搜索
☆附午餐
3/1～3/3
10:00～15:30（日落前）
① 三野·田
② 渡邊·山
③ 津田
④ 本
⑤ 間
鄂霍次克海
別月車站
熊出沒
哎呀。
既然本人都那麼說了，
已經死了吧。

與其找不存在的屍體，
我們來找搖控器吧。
搖控器掉在湖裡。
絕對？
絕對。
根據什麼？
因為是我丟下去的。
那、那個不是對你很重要嗎？
因為太重要，反而覺得討厭了。
還真是沒用耶，你這遜王子。

（砸）
ボス
呃。
這野蠻的地球人！
你以為那麼容易就能與身為高貴的月之王子的我心靈相通嗎？
喔喔……
想回去，是嗎？
嗯……

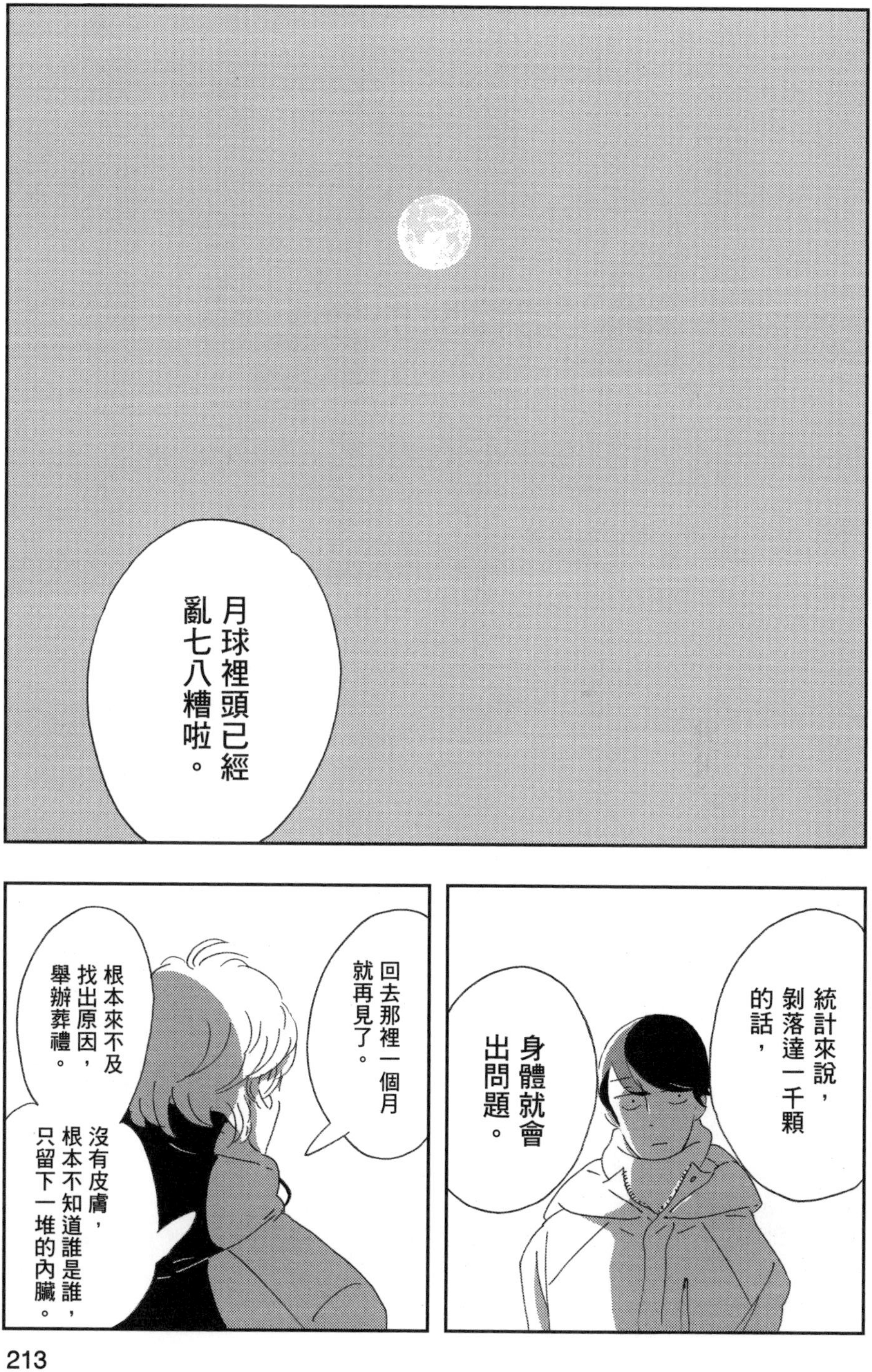
月球裡頭已經亂七八糟啦。
統計來說，剝落達一千顆的話，
身體就會出問題。
回去那裡一個月就再見了。
根本來不及找出原因，舉辦葬禮。
沒有皮膚，根本不知道誰是誰，只留下一堆的內臟。

原來，
月亮上也有葬禮啊。
有啊有啊。
燒成灰後把它灑在月球表面就能變為光，月亮的光有好幾％是從我們來的唷。
嗯嗯不知。
這你不知道吧？
我的工作啊，
就是不要讓這裡的人發現月球神祕的歷史，我只是因為這樣離開了那裡，對我來說這裡是地獄，只是沒想到我會有家人呢。
啊啊，那是…
而且，
你待會…
喂——！
喔，會長。
辛苦你們啦～
找到了嗎？
哎呀～沒有。
津田的弟弟在河川搜索時被熊襲擊了。

對不起呀。
你跟他非親非故還是來了。
別這麼說。
你沒有鬍子比較好看。
妳一直都這麼說。
嗯嗯。
佛堂那邊都是長輩，你們就待在這邊比較不拘謹。

這安魂曲真怪呢。

喀唧
這個不要了。
我幫你拿新的杯子。

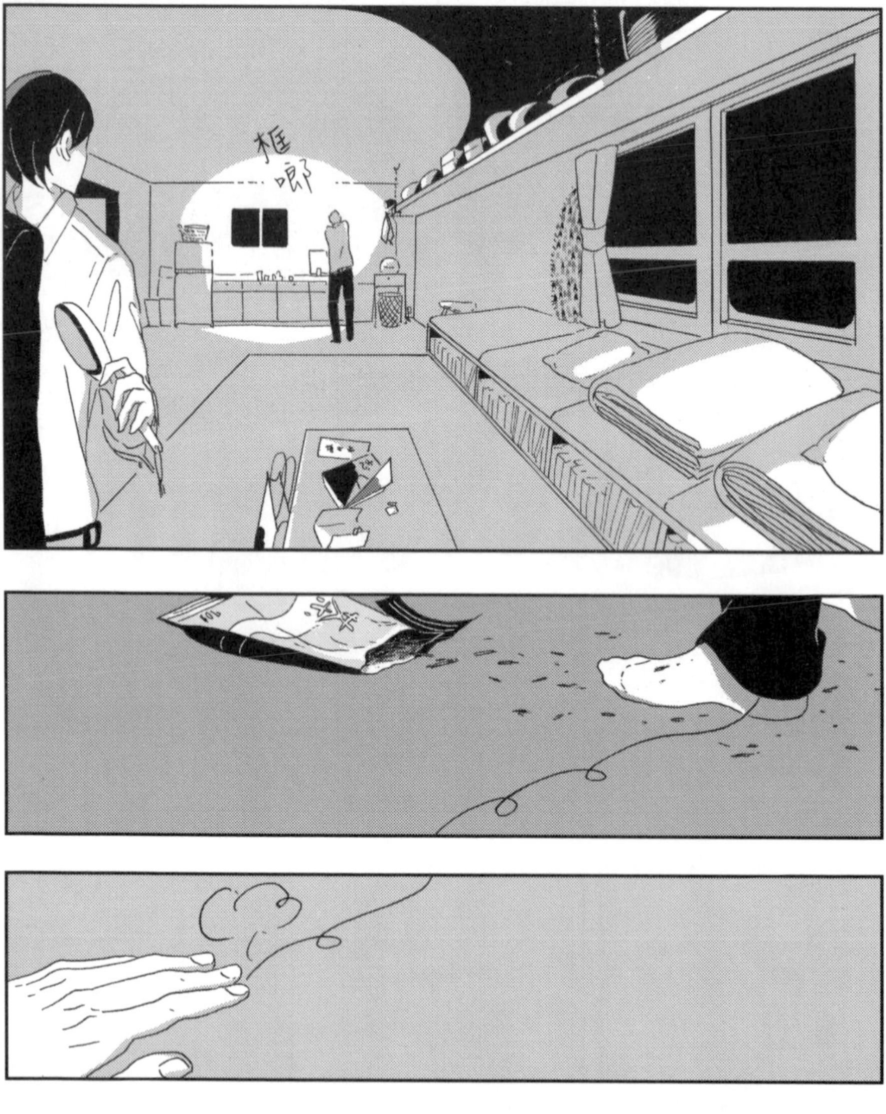
框啷
這顆，
是第幾顆？

※譯註：原文為「二枚目」，有美男子的意思。

你想回去？
我不是那個意思。
抱歉。
但是你也看到了吧？我的身體構造跟你們很不一樣，這裡的醫療技術是沒辦法治療的。
別在意了。
可是，
我啊，
還是很想解決眼前遇到的這個問題。
啊啊，我會注意盡可能不讓人發現的。
忘了吧，不要緊。
我本來就沒有要跟任何人說的，關於這一切。

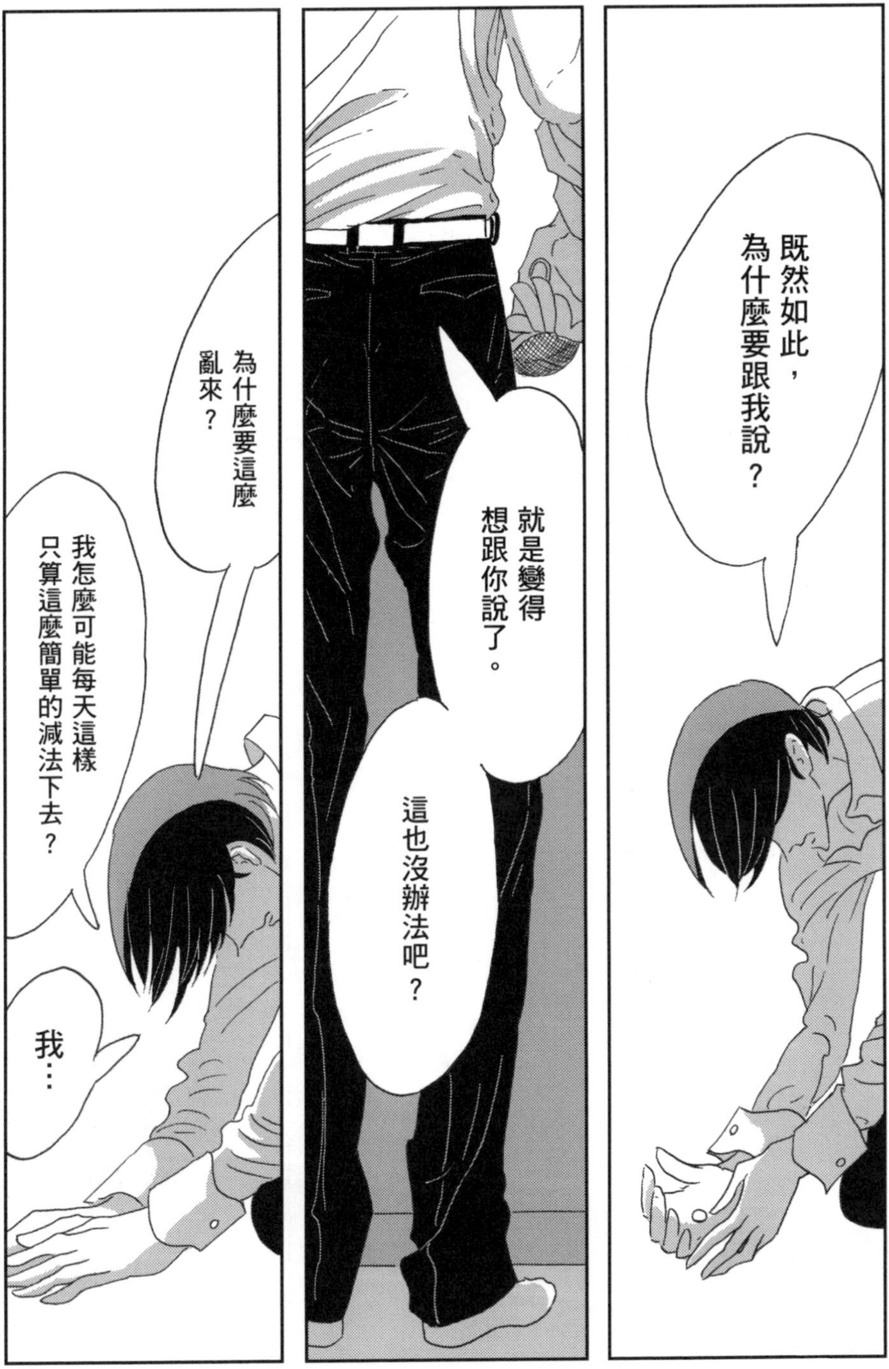
既然如此，為什麼要跟我說？
就是變得想跟你說了。
這也沒辦法吧？
為什麼要這麼亂來？
我怎麼可能每天這樣只算這麼簡單的減法下去？
我…

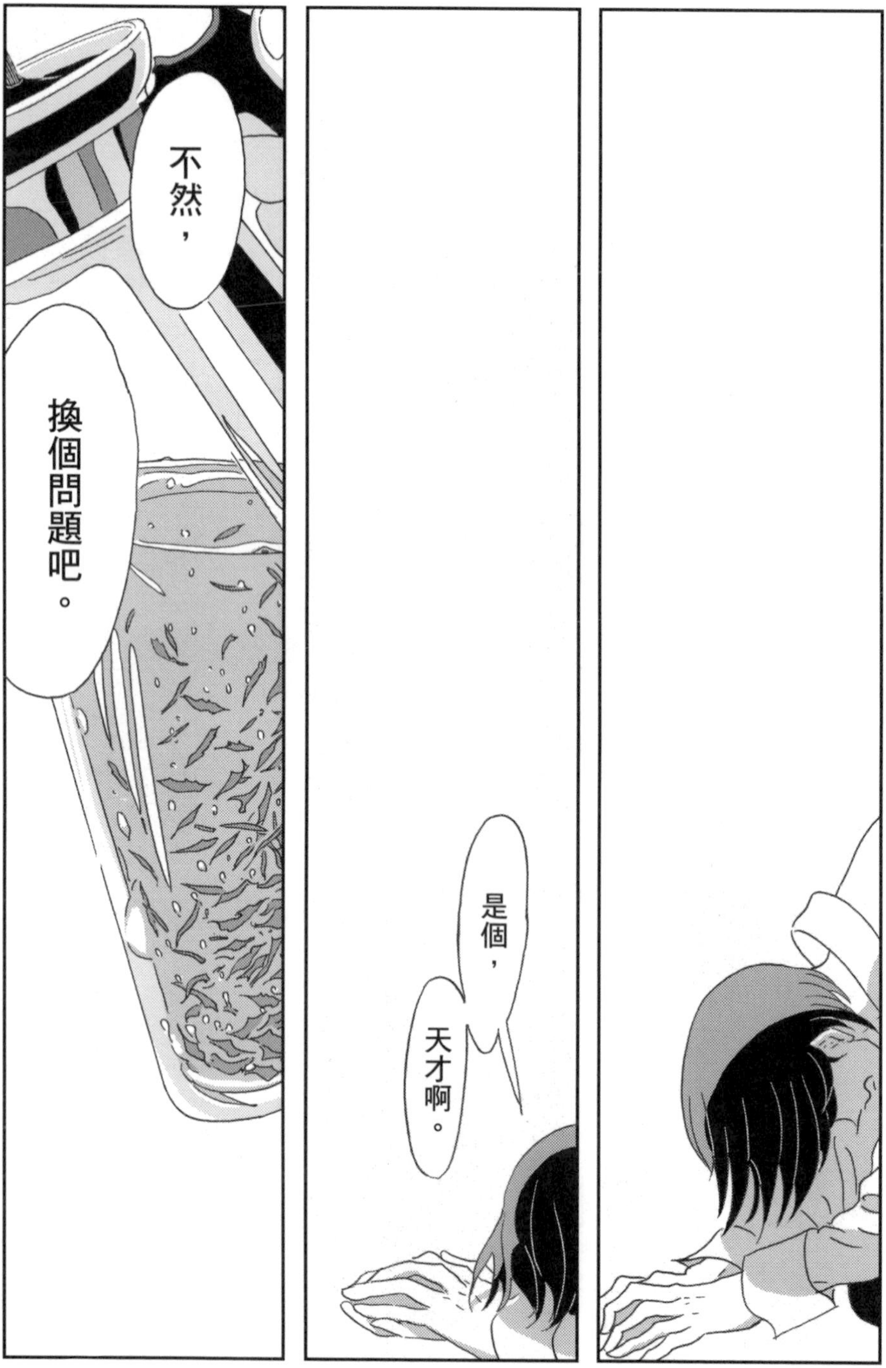
不然，
換個問題吧。
是個，
天才啊。

有個外星人還有兩年的壽命。
他終究會在地獄裡內臟外露死去，但是他仍祈禱有個人會幫他恢復成一顆白色的光粒子。
他只是希望有道反光，能對他沒來由的告白點頭回應，因為只有一個人的話，連自己是不是還有呼吸都不知道。
就算要用月亮所有的祕密交換也沒關係，該怎麼做，
才能慰留弟弟呢？

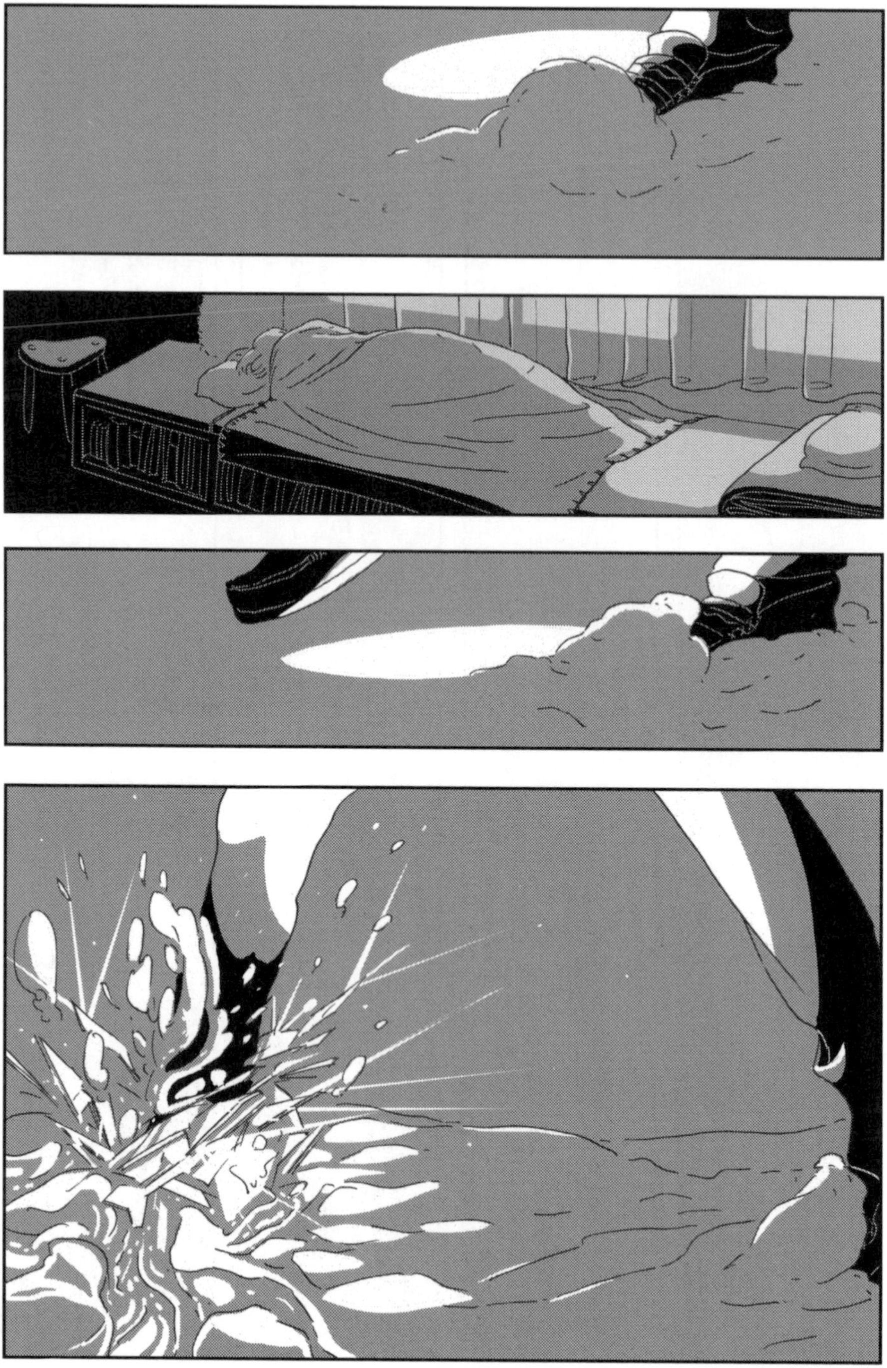

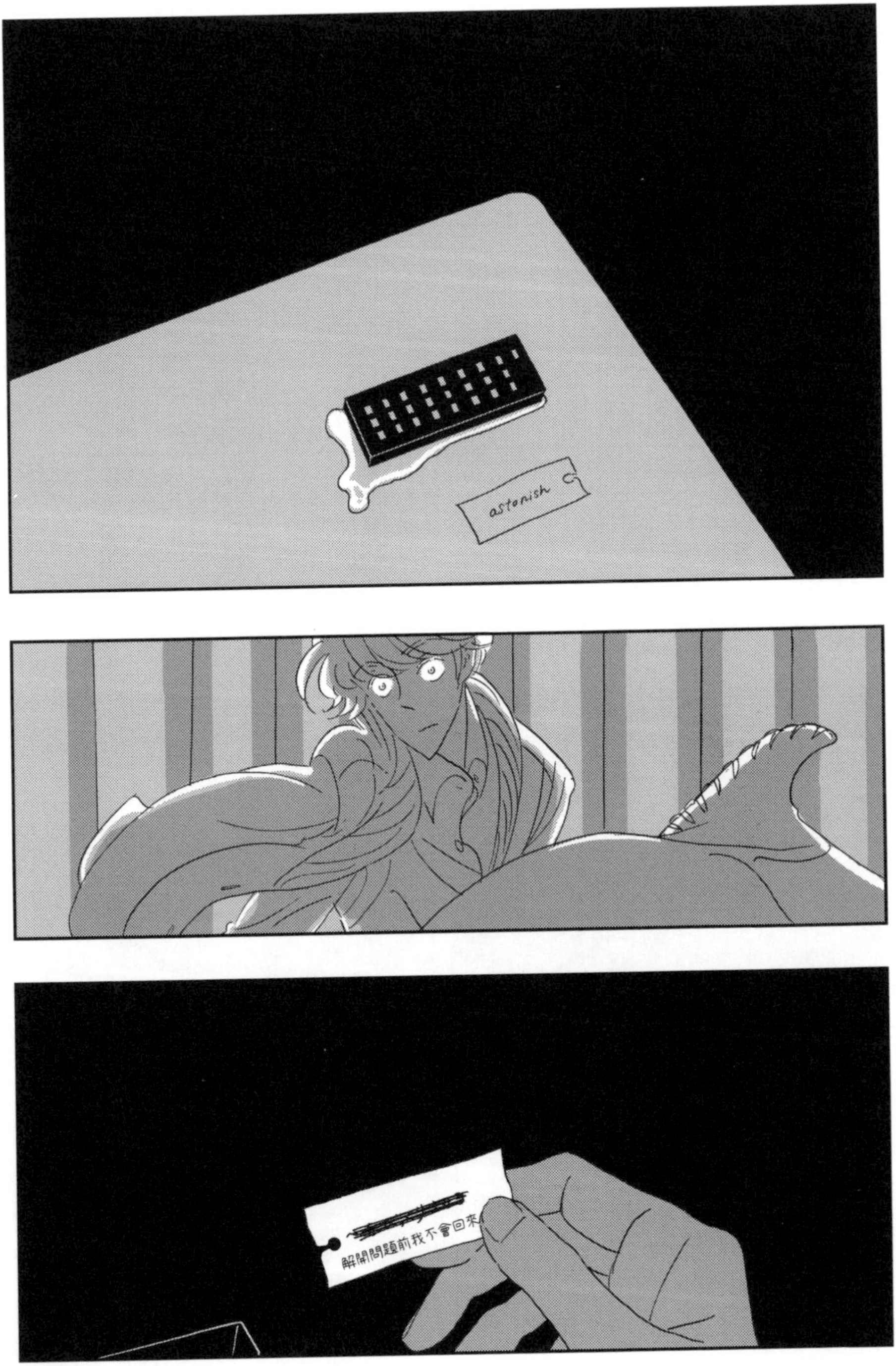
astonish
解開問題前我不會回來

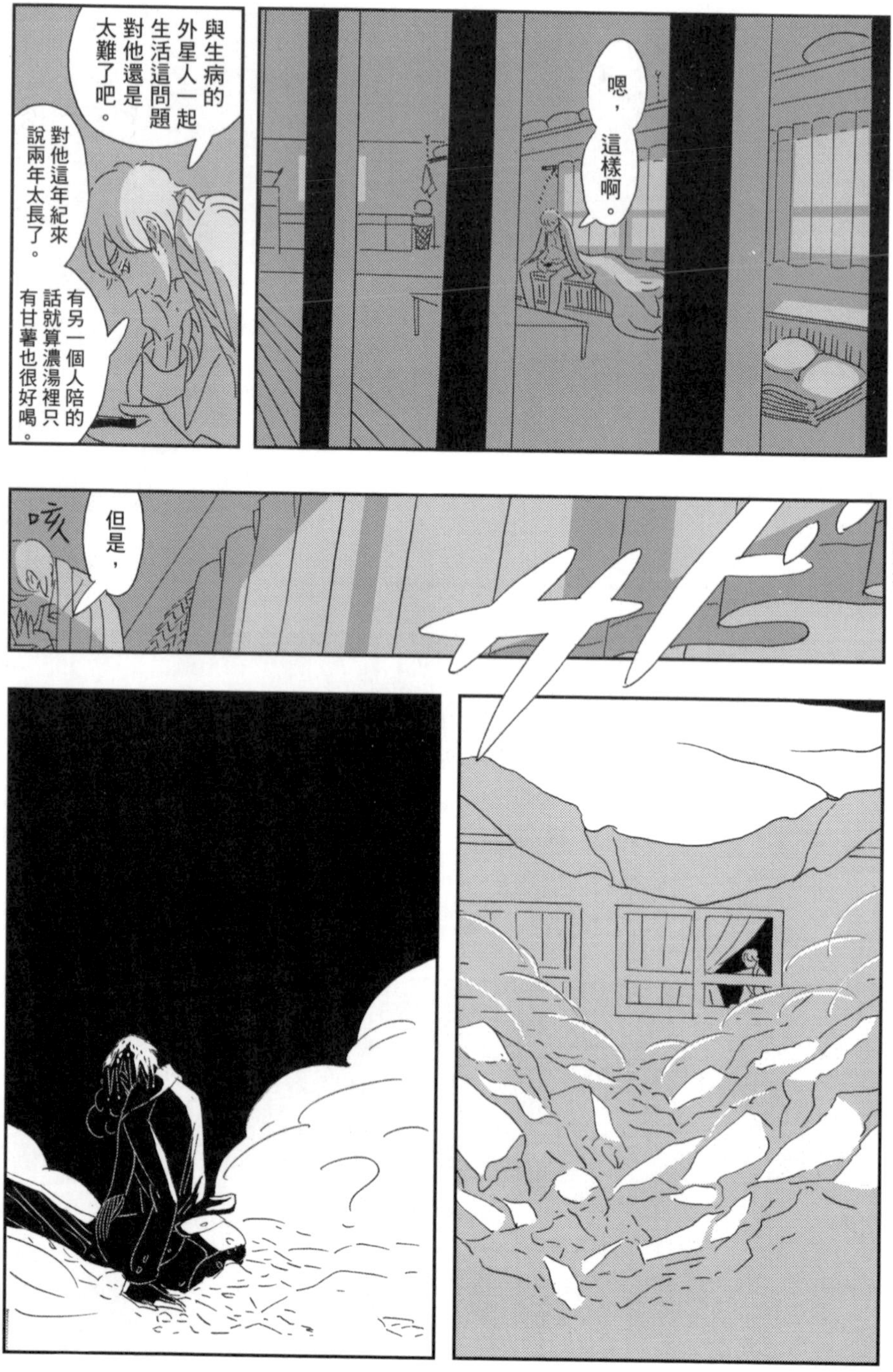
嗯，這樣啊。
與生病的外星人一起生活這問題對他還是太難了吧。
對他這年紀來說兩年太長了。
有另一個人陪的話就算濃湯裡只有甘薯也很好喝。
咳
但是，
（啪沙）

那傢伙也累了吧。
沒辦法幫他任何忙，
至少，
嗶
讓他在夜裡回去的路上，

（啪）
咳
有月光照著。

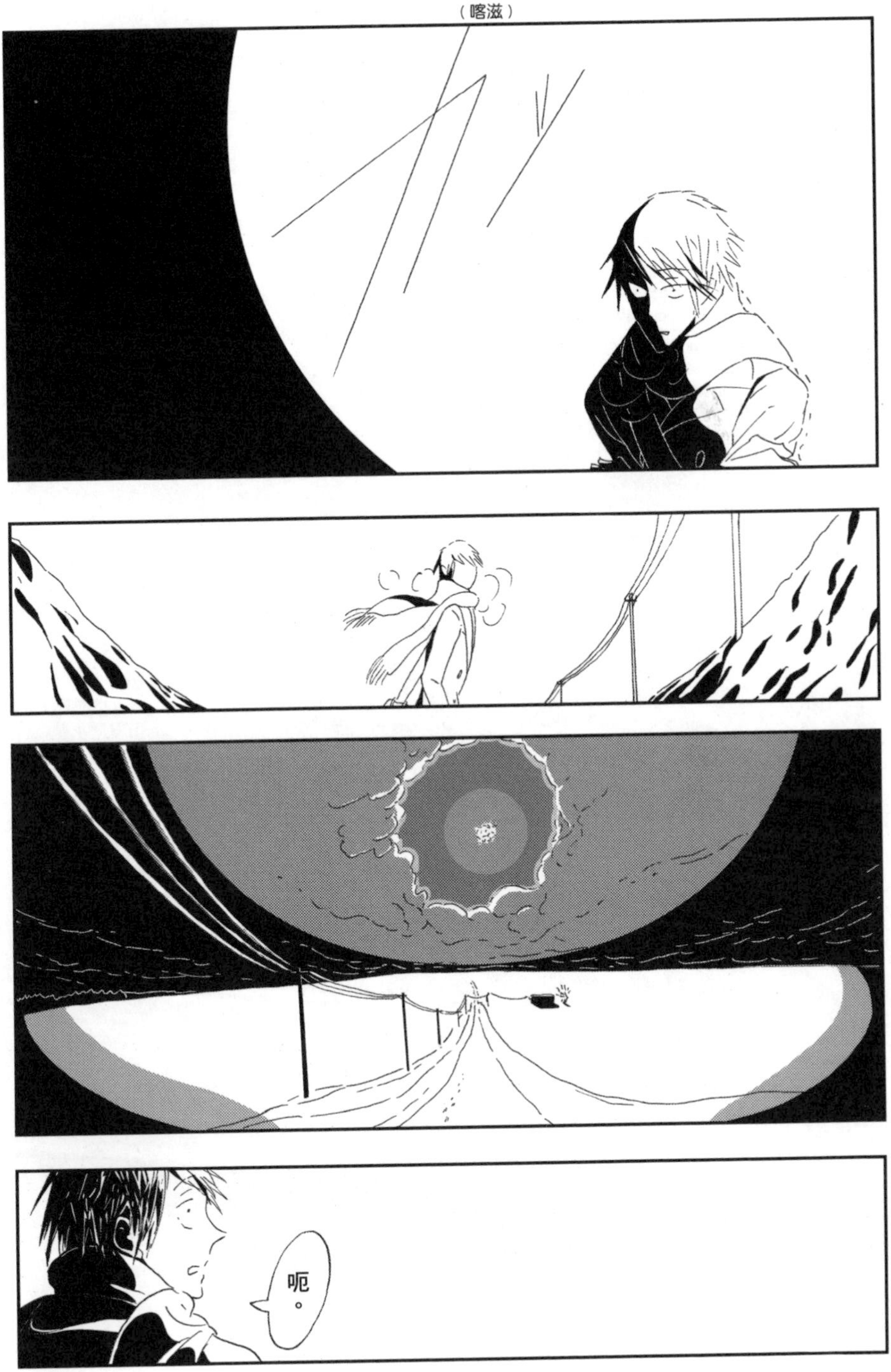
（喀滋）
呃。

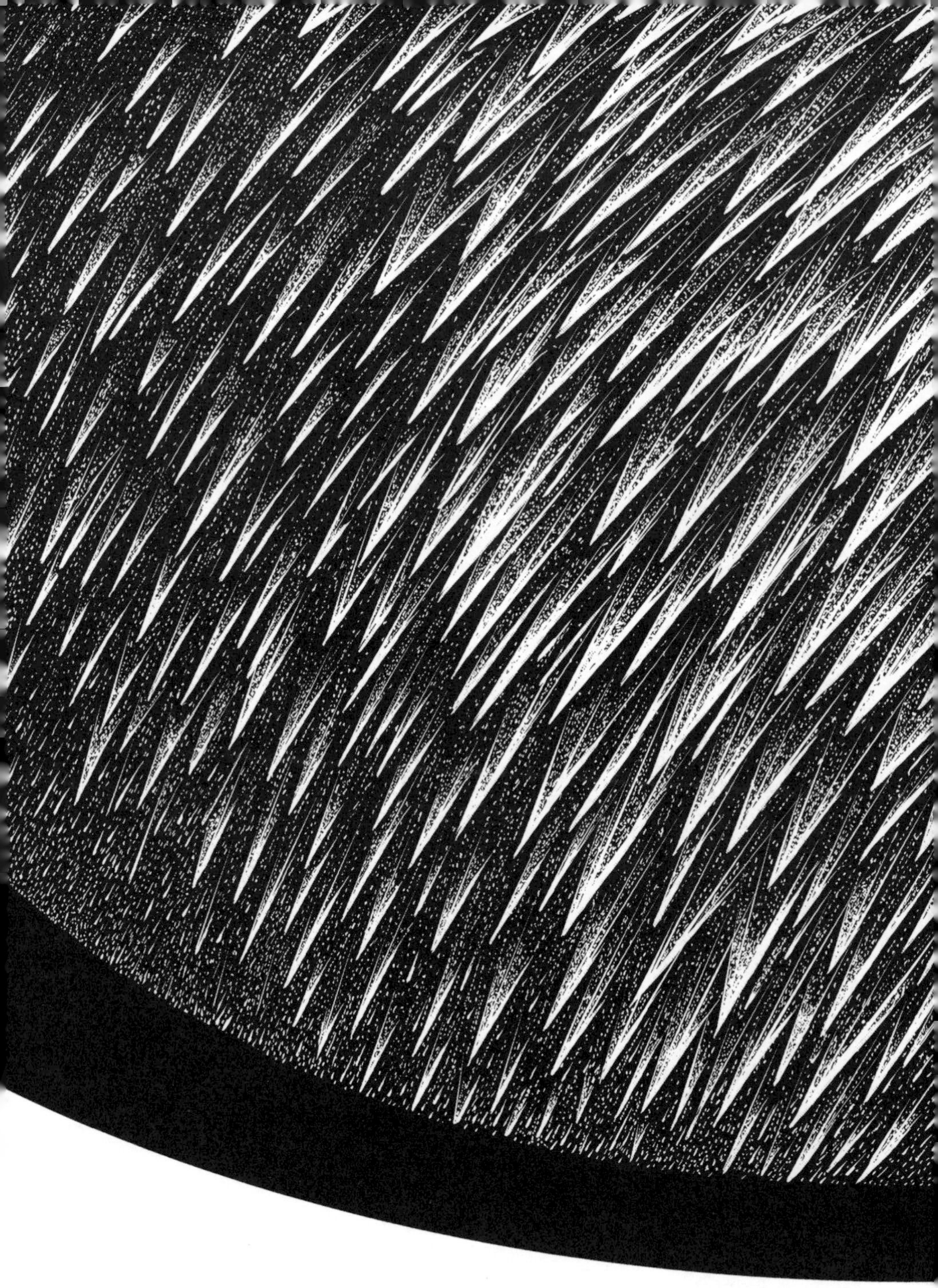

シュウウゥ
(咻咻咻咻)
那麼，
不可靠，
卻還想要回去
這麼沒意義的地方。
真是笨蛋。

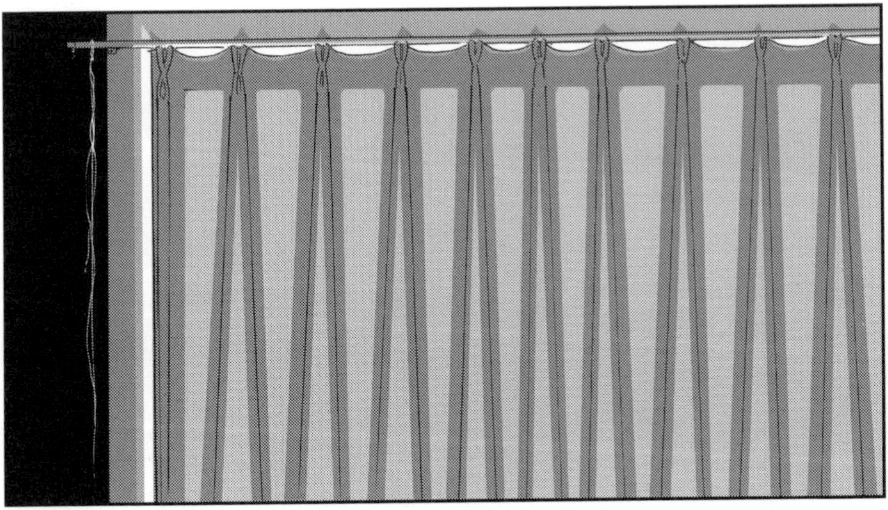

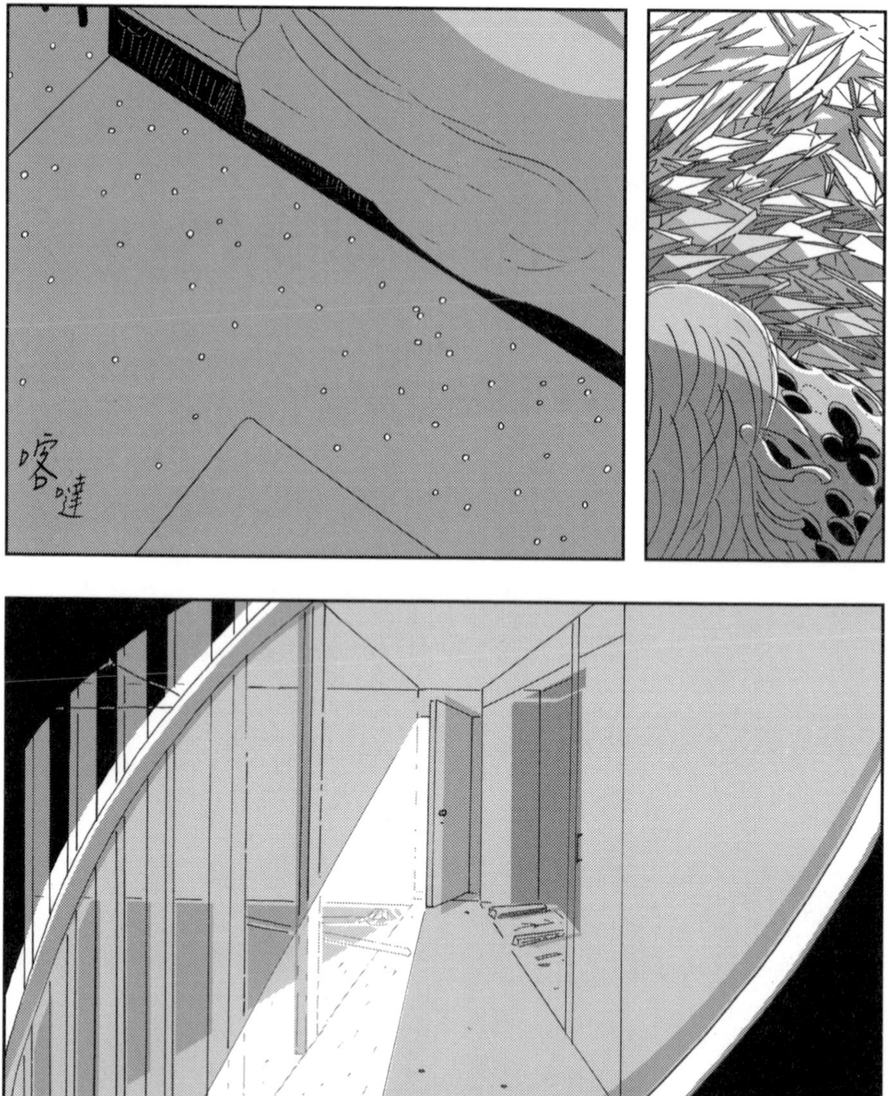
喀噠
哦。
沒有了眼睛，
反而看得到想看的東西呢。

你在說什麼？
就先講結論吧，聰明如我還是沒找到讓你恢復成光粒子的方法。
我都花了兩年了。
所以再給我一點時間。
在月亮上生活需要的能量是來自月面的砂，砂的性質又依據不同的採集場所有很大的差別吧？
病源則是流星給月球表面帶來的微量新金屬。
你們會長生不老是因為體內含有大量的金和銀，銀的離子可以殺菌，金的離子有抑制對正常細胞攻擊的效能，兩者是完美的平衡。
而新的有毒金屬凍結了這兩種離子的運作，那些多餘未被運用上的金銀為了不會損害到臟腑和神經系統，因此產生過剩的防衛行為，囤積在表皮後排出。
從一顆鈕扣就發現了那麼多，我是天才吧？

其實，
我是結合了那天降下的大量月之殞石的鑑定結果才知道的。
我還從中找到能解毒的新礦物，要不是你把月亮破壞了，不然只憑我一人之力也沒辦法。
我再講白一點，
總之，我會治好你。

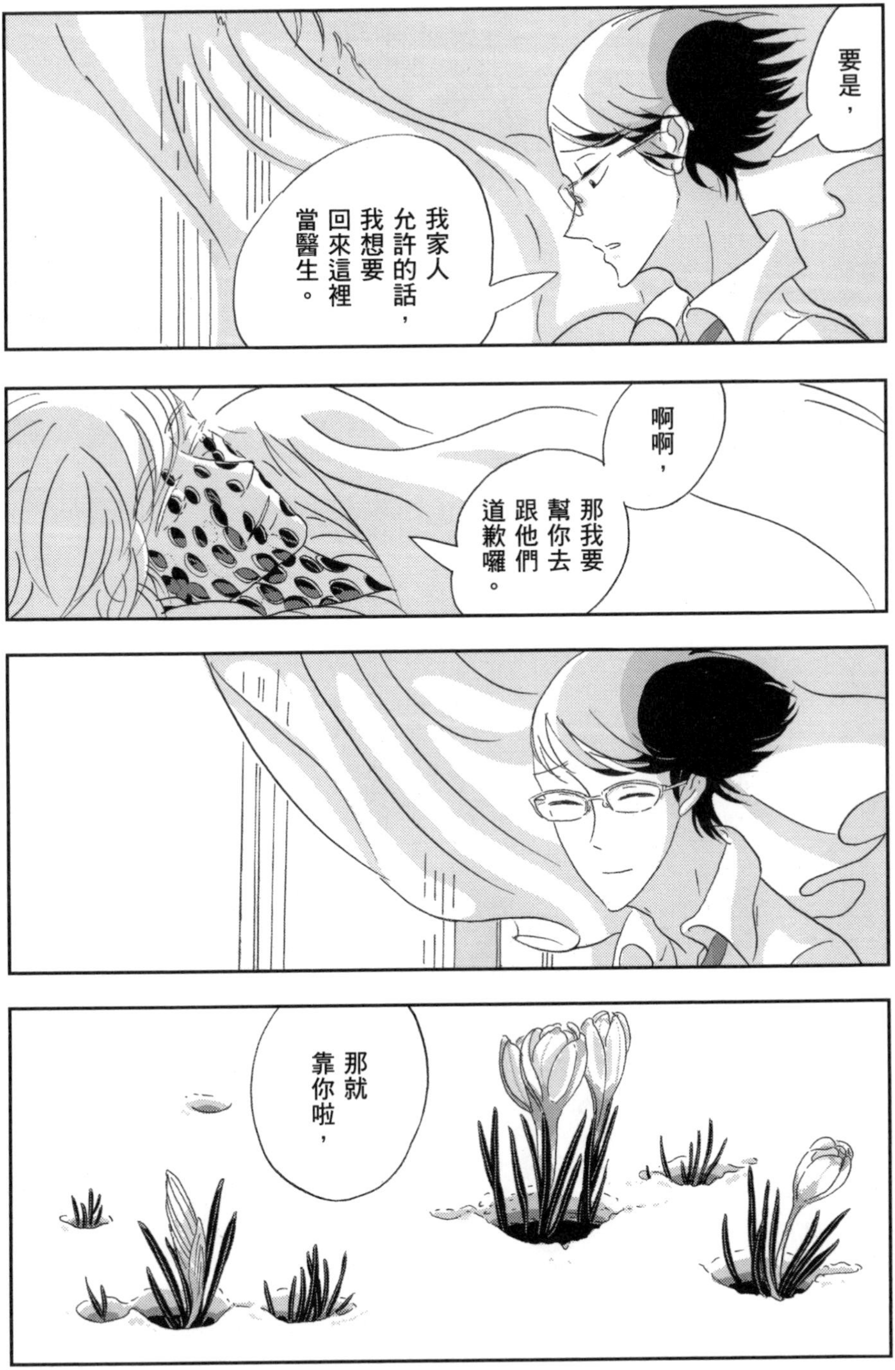
要是，
我家人允許的話，我想要回來這裡當醫生。
啊啊，
那我要幫你去跟他們道歉囉。
那就靠你啦，

〔月之葬禮〕　終

ISBN 978-626-315-202-1

售價： 320 元

本書如有缺頁、破損、倒裝，請寄回更換

PaperFilm FC2076

25 點的休假　市川春子作品集 II

2022 年 11 月　一版一刷
2024 年 6 月　一版三刷

作　　者／市川春子
譯　　者／謝仲庭
責任編輯／謝至平
行銷企劃／陳彩玉、林詩玟、陳紫晴
中文版裝幀設計／馮議徹
排　　版／傅婉琪
副總編輯／陳雨柔
編輯總監／劉麗真
事業群總經理／謝至平
發 行 人／何飛鵬
出　　版／臉譜出版
城邦文化事業股份有限公司
台北市南港區昆陽街16號4樓
電話：886-2-25000888　傳真：886-2-25001951
發　　行／英屬蓋曼群島商家庭傳媒股份有限公司城邦分公司
台北市南港區昆陽街16號8樓
客服專線：02-25007718；25007719
24小時傳真專線：02-25001990；25001991
服務時間：週一至週五上午09:30-12:00；下午13:30-17:00
劃撥帳號：19863813　戶名：書虫股份有限公司
讀者服務信箱：service@readingclub.com.tw
城邦網址：http://www.cite.com.tw
香港發行所／城邦（香港）出版集團有限公司
香港九龍土瓜灣土瓜灣道86號順聯工業大廈6樓A室
電話：852-25086231　傳真：852-25789337
新馬發行所／城邦（新、馬）出版集團
Cite（M）Sdn. Bhd.（458372U）
41, Jalan Radin Anum, Bandar Baru Sri Petaling,
57000 Kuala Lumpur, Malaysia.
電話：603-90563833　傳真：603-90576622
電子信箱：services@cite.my

作者／市川春子

以投稿作〈蟲與歌〉（虫と歌）榮獲Afternoon　2006年夏天四季大賞後，以〈星之戀人〉（星の戀人）出道。首部作品集《蟲與歌　市川春子作品集》獲得第十四屆手塚治虫文化賞新生賞，第二部作品《25點的休假　市川春子作品集II》（25時のバカンス　市川春子作品集II）獲得漫畫大賞2012第五名。自2012年底開始連載長篇作品《寶石之國》，於2017年改編動畫後引起廣大迴響。

譯者／謝仲庭

音樂工作者、吉他教師、翻譯。熱愛音樂、書本、堆砌文字及轉化語言。譯有《悠悠哉哉》、《攻殼機動隊1.5》、《Designs》等。